阅读之前 没有真相

午夜文库

阿加莎·克里斯蒂

赫尔克里·波洛系列

阿加莎·克里斯蒂
Agatha Christie（1890—1976）

无可争议的侦探小说女王，侦探文学史上最伟大的作家之一。

阿加莎·克里斯蒂原名为阿加莎·玛丽·克拉丽莎·米勒，一八九〇年九月十五日生于英国德文郡托基的阿什菲尔德宅邸。她几乎没有接受过正规的教育，但酷爱阅读，尤其痴迷于歇洛克·福尔摩斯的故事。

第一次世界大战期间，阿加莎·克里斯蒂成了一名志愿者。战争结束后，她创作了自己的第一部侦探小说《斯泰尔斯庄园奇案》。几经周折，作品于一九二〇年正式出版，由此开启了克里斯蒂辉煌的创作生涯。一九二六年，《罗杰疑案》由哈珀柯林斯出版公司出版。这部作品一举奠定了阿加莎·克里斯蒂在侦探文学领域不可撼动的地位。之后，她又陆续出版了《东方快车谋杀案》《ABC 谋杀案》《尼罗河上的惨案》《无人生还》《阳光下的罪恶》等脍炙人口的作品。时至今日，这些作品依然是世界侦探文学宝库里最宝贵的财富。根据她的小说改编而成的舞台剧《捕鼠器》，已经成为世界上公演场次最多的剧目；而在影视改编方面，《东方快车谋杀案》为英格丽·褒曼斩获奥斯卡大奖，《尼罗河上的惨案》更是成为几代人心目中的经典。

阿加莎·克里斯蒂的创作生涯持续了五十余年，总共创作了八十余部侦探小说。她的作品畅销全世界一百多个国家和地区，累计销量已经突破二十亿册。她创造的小胡子侦探波洛和老处女侦探马普尔小姐为读者津津乐道。阿加莎·克里斯蒂是柯南·道尔之后最伟大的侦探小说作家，是侦探文学黄金时代的开创者和集大成者。一九七一年，英国女王授予克里斯蒂爵士称号，以表彰其不朽的贡献。

一九七六年一月十二日，阿加莎·克里斯蒂逝世于英国牛津郡沃灵福德家中，被安葬于牛津郡的圣玛丽教堂墓园，享年八十五岁。

阿加莎·克里斯蒂 侦探作品年表

波洛系列

1920 The Mysterious Affair at Styles《斯泰尔斯庄园奇案》
1923 Murder on the Links《高尔夫球场命案》
1924 Poirot Investigates《首相绑架案》
1926 The Murder of Roger Ackroyd《罗杰疑案》
1927 The Big Four《四魔头》
1928 The Mystery of the Blue Train《蓝色列车之谜》
1932 Peril at End House《悬崖山庄奇案》
1933 Lord Edgware Dies《人性记录》
1934 Murder on the Orient Express《东方快车谋杀案》
1935 Three—Act Tragedy《三幕悲剧》
1935 Death in the Clouds《云中命案》
1936 The ABC Murders《ABC谋杀案》
1936 Murder in Mesopotamia《古墓之谜》
1936 Cards on the Table《底牌》
1937 Dumb Witness《沉默的证人》
1937 Death on the Nile《尼罗河上的惨案》
1937 Murder in the Mews《幽巷谋杀案》
1938 Appointment with Death《死亡约会》
1938 Hercule Poirot´s Christmas《波洛圣诞探案记》
1940 Sad Cypress《H庄园的午餐》
1940 One, Two, Buckle My Shoe《牙医谋杀案》
1941 Evil Under the Sun《阳光下的罪恶》
1943 Five Little Pigs《五只小猪》
1946 The Hollow《空幻之屋》
1947 The Labours of Hercules《赫尔克里·波洛的丰功伟绩》
1948 Taken at the Flood《顺水推舟》
1952 Mrs. McGinty´s Dead《清洁女工之死》
1953 After the Funeral《葬礼之后》
1955 Hickory Dickory Dock《山核桃大街谋杀案》
1956 Dead Man´s Folly《弄假成真》
1959 Cat Among the Pigeons《鸽群中的猫》
1960 The Adventure of the Christmas Pudding《雪地上的女尸》

1963 The Clocks《怪钟疑案》

1966 Third Girl《第三个女郎》

1969 Hallowe′en Party《万圣节前夜的谋杀》

1972 Elephants Can Remember《大象的证词》

1974 Poirot′s Early Stories《蒙面女人》

1975 Curtain—Poirot′s Last Case《帷幕》

马普尔小姐系列

1930 The Murder at the Vicarage《寓所谜案》

1932 The Thirteen Problems《死亡草》

1942 The Body in the Library《藏书室女尸之谜》

1943 The Moving Finger《魔手》

1950 A Murder Is Announced《谋杀启事》

1952 They Do It with Mirrors《借镜杀人》

1953 A Pocket Full of Rye《黑麦奇案》

1957 4.50 from Paddington《命案目睹记》

1962 The Mirror Crack′d from Side to side《破镜谋杀案》

1964 A Caribbean Mystery《加勒比海之谜》

1965 At Bertram′s Hotel《伯特伦旅馆》

1971 Nemesis《复仇女神》

1976 Sleeping Murder《沉睡谋杀案》

1979 Miss Marple′ s Final Cases《马普尔小姐最后的案件》

其他系列及非系列

1922 The Secret Adversary《暗藏杀机》

1924 The Man in the Brown Suit《褐衣男子》

1925 The Secret of Chimneys《烟囱别墅之谜》

1929 Partners in Crime《犯罪团伙》

1929 The Seven Dials Mystery《七面钟之谜》

1930 The Mysterious Mr. Quin《神秘的奎因先生》

1931 The Sittaford Mystery《斯塔福特疑案》

1933 The Witness for the Prosecution《控方证人》

1934 Why Didn′t They Ask Evans?《悬崖上的谋杀》

1934 The Listerdale Mystery《金色的机遇》

阿加莎·克里斯蒂 侦探作品年表

1934 Parker Pyne Investigates《惊险的浪漫》
1939 Murder Is Easy《逆我者亡》
1939 And Then There Were None《无人生还》
1941 N or M?《桑苏西来客》
1944 Towards Zero《零点》
1945 Sparkling Cyanide《闪光的氰化物》
1945 Death Comes as the End《死亡终局》
1949 Crooked House《怪屋》
1950 Three Blind Mice and Other Stories《三只瞎老鼠》
1951 They Came to Baghdad《他们来到巴格达》
1954 Destination Unknown《地狱之旅》
1958 Ordeal by Innocence《奉命谋杀》
1961 The Pale Horse《灰马酒店》
1967 Endless Night《长夜》
1968 By the Pricking of My Thumbs《煦阳岭的疑云》
1970 Passenger to Frankfurt《天涯过客》
1973 Postern of Fate《命运之门》
1997 While the Light Lasts《灯火阑珊》

出版前言

纵观世界侦探文学一百七十余年的历史，如果说有谁已经超脱了这一类型文学的类型化束缚，恐怕我们只能想起两个名字——一个是虚构的人物歇洛克·福尔摩斯，而另一个便是真实的作家阿加莎·克里斯蒂。

阿加莎·克里斯蒂以她个人独特的魅力创造了侦探文学史上无数的传奇：她的创作生涯长达五十余年，一生撰写了八十余部侦探小说；她开创了侦探小说史上最著名的“黄金时代”；她让阅读从贵族走入家庭，渗透到每个人的生活中；她的作品被翻译成一百多种文字，畅销全球一百五十余个国家，作品销量与《圣经》《莎士比亚戏剧集》同列世界畅销书前三名；她的《罗杰疑案》《无人生还》《东方快车谋杀案》《尼罗河上的惨案》都是侦探小说史上的经典；她是侦探小说女王，因在侦探小说领域的独特贡献而被册封为爵士；她是侦探小说的符号和象征。她本身就是传奇。沏一杯红茶，配一张躺椅，在暖暖的阳光下读阿加莎的小说是一种生活方式，是惬意的享受，也是一种态度。

午夜文库成立之初就试图引进阿加莎的作品，但几次都与版权擦肩而过。随着午夜文库的专业化和影响力日益增强，阿加莎·克里斯蒂的版权继承人和哈珀柯林斯出版公司主动要求将版权独家授予新星出版社，并将阿加莎系列侦探小说并入午夜文库。这是对我们长期以来执着于侦探小说出版的褒奖，是对我们的信任与鼓励，更是一种压力和责任。

新版阿加莎·克里斯蒂作品由专业的侦探小说翻译家以最权威的英文版本为底本，全新翻译，并加入双语作品年表和阿加莎·克里斯蒂家族独家授权的照片、手稿等资料，力求全景展现“侦探女王”的风采与魅力。使读者不仅欣赏到作家的巧妙构思、离奇桥段和睿智语言，而且能体味到浓郁的英伦风情。

阿加莎作品的出版是一项系统工程，规模庞大，我们将努力使之臻于完美。或存在疏漏之处，欢迎方家指正。

新星出版社

午夜文库编辑部

Agatha Christie

Over the next few years, we plan to celebrate two very important Agatha Christie anniversaries. In 2015, it is the 125th anniversary of her birth in Torquay, South Devon, England, and in 2020 it will be 100 years after her first book, THE MYSTERIOUS AFFAIR AT STYLES, featuring her famous detective, Hercule Poirot, was published. This is therefore a very appropriate moment to publish a new edition of her works, and I am delighted that HarperCollins has chosen to work with New Star on these new editions. New Star is China's top crime publisher, and has a strong and dedicated editorial staff and a confirmed passion for Agatha Christie, making them the ideal partner. It is the right time to make these classic books available in modern translations and so to bring Agatha Christie's books anew to her many fans in China, giving them a new reason to re-read these much-loved stories, as well as introducing them to a whole new audience. How delighted Agatha Christie would have been that her stories (as she called them) are still giving so much pleasure to so many people all over the world!

I think there are two very remarkable things about Agatha Christie's stories. The first is that they are so adaptable. It doesn't really matter which language they appear in, the stories and the plots still give the same thrill, still provide the same puzzles, and the characters still have the same attraction. Readers in China will I am sure enjoy Hercule Poirot and Miss Marple just as much as we do in England, and readers in China will still be transfixed by the surprises and horrors of AND THEN THERE WERE NONE, one of the great classics of 20th century detective fiction, as we are here.

Agatha Christie

The second is that the stories give a wonderful picture of England, particularly rural England, at the time Agatha Christie lived. She wrote books from 1920 until 1970 but it is sometimes hard to tell which part of her life each book was written in. Her characters and the life they lived were very much the same. The life we all live is changing very quickly these days but "the Agatha Christie world stays the same. Perhaps the Miss Marple stories provide the best example of this, and in some ways THE BODY IN THE LIBRARY and NEMESIS are quite similar, despite the fact that thirty years elapsed between the time they were written.

Perhaps I might end by mentioning three Agatha Christies (other than the ones mentioned above) which I think demonstrate why she is so popular, even in the twenty-first century. The first is MURDER ON THE ORIENT EXPRESS, one of the most famous with one of the most ingenious and human plots. Read this on one of your long train journeys in China! Next is A MURDER IS ANNOUNCED, a Miss Marple which was her 50th book. It has my favourite murderer in it! And last is ENDLESS NIGHT a story about evil and how it affects three young people, written at the time when I knew her best, and understood how deeply she cared and sympathised with young people and the world they lived in.

Whichever are <u>your</u> favourites I hope you enjoy these stories that New Star are introducing to you again. I think it is a great publishing event.

Mathew Prichard

Grandson of Agatha Christie

Chairman of Agatha Christie Ltd

致中国读者

（午夜文库版阿加莎·克里斯蒂作品集序）

在接下来的几年中，我们将要筹备两个非常重要的关于阿加莎·克里斯蒂的纪念日。二〇一五年是她的一百二十五岁生日——她于一八九〇年出生于英国的托基市；二〇二〇年则是她的处女作《斯泰尔斯庄园奇案》问世一百周年的日子，她笔下最著名的侦探赫尔克里·波洛就是在这本书中首次登场。因此新星出版社为中国读者们推出全新版本的克里斯蒂作品恰逢其时，而且我很高兴哈珀柯林斯选择了新星来出版这一全新版本。新星出版社是中国最好的侦探小说出版机构，拥有强大而且专业的编辑团队，并且对阿加莎·克里斯蒂的作品极有热情，这使得他们成为我们最理想的合作伙伴。如今正是一个良机，可以将这些经典作品重新翻译为更现代、更权威的版本，带给她的中国书迷，让大家有理由重温这些备受喜爱的故事，同时也可以将它们介绍给新的读者。如果阿加莎·克里斯蒂知道她的小故事们（她这样称呼自己的这些作品）仍然能给世界上这么多人带来如此巨大的阅读享受，该有多么高兴啊！

我认为阿加莎·克里斯蒂的作品有两个非常重要的特征。首先它们是非常易于理解的。无论以哪种语言呈现，故事和情节都同样惊险刺激，呈现给读者的谜团都同样精彩，而书中人物的魅力也丝毫不受影响。我完全可以肯定，中国的读者能够像我们英国人一样充分享受赫尔克里·波洛和马普尔小姐带来的乐趣；中国读者也会和我们一样，读到二十世纪最伟大的侦探经典作品——比如《无人生还》——的时候，被震惊和恐惧牢牢钉在原地。

第二个特征是这些故事给我们展开了一幅英国的精彩画卷，特别是阿加莎·克里斯蒂那个年代的英国乡村。她的作品写于二十世纪二十年代至七十年代间，不过有时候很难说清楚每一本书是在她人生中的哪一段日子里写下的。她笔下的人物，以及他们的生活，多多少少都有些相似。如今，我们的生活瞬息万变，但“阿加莎·克里斯蒂的世界”依旧永恒。也许马普尔小姐的故事提供了最好的范例：《藏书室女尸之谜》与《复仇女神》看起来颇为相似，但实际上它们的创作年代竟然相差了三十年。

最后，我想提三本书，在我心目中（除了上面提过的几本之外）这几本最能说明克里斯蒂为什么能够一直受到大家的喜爱。首先是《东方快车谋杀案》，最著名，也是最机智巧妙、最有人性的一本。当你在中国乘火车长途旅行时，不妨拿出来读读吧！第二本是《谋杀启事》，一个马普尔小姐系列的故事，也是克里斯蒂的第五十本著作。这本书里的诡计是我个人最喜欢的。最后是《长夜》，一个关于邪恶如何影响三个年轻人生活的故事。这本书的写作时间正是我最了解她的时候。我能体会到她对年轻人以及他们生活的世界关心至深。

现在新星出版社重新将这些故事奉献给了读者。无论你最爱的是哪一本，我都希望你能感受到这份快乐。我相信这是出版界的一件盛事。

阿加莎·克里斯蒂外孙

阿加莎·克里斯蒂有限责任公司董事长

马修·普理查德

二〇一三年二月二十日

阿加莎·克里斯蒂侦探作品集⑫

大象的证词

Elephants Can Remember

Agatha Christie®

（英）阿加莎·克里斯蒂 著
李冰伊 译

新 星 出 版 社 NEW STAR PRESS

目录

第一章　文学午宴

奥利弗夫人看着镜子中的自己，瞟了一眼壁炉架上的时钟。她知道它已经慢了二十分钟。接着，她继续摆弄着自己的头发。奥利弗夫人坦率地承认，总要换发型这件事让她十分烦恼，她几乎试遍了所有的发型。她先梳了一个庄重的蓬帕杜尔发型[①]，接着又将发绺向后梳，看上去就像被风吹过的样子，营造出一种学者气质，至少她希望如此。她试过排列整齐的紧绷卷发，也试过充满艺术气息的凌乱发型。她不得不承认，今天梳什么发型并不太重要，因为今天她要做一件很少做的事情——戴一顶帽子。

在奥利弗夫人衣柜的最上层放着四顶帽子，其中一顶绝对适合在婚礼上戴。要去参加一场婚礼，一顶帽子绝对是“必需品”。尽管适合婚礼戴的帽子有一顶就足够了，但奥利弗夫人还是有两顶。放在圆形硬纸盒里的那一顶是带羽毛的。即使当你踏出车门，在走进某幢大厦

①蓬帕杜尔发型，指一种最初流行于十八世纪的发型。梳该种发型的人需将前额的头发向脑后梳理，并在头顶隆起。——译者注

或是登记员办公室时遇到突如其来的暴风雨，这顶帽子仍然会端端正正地紧贴在头上。

另外一顶帽子就更加精美了。戴着它去参加一场在夏日周六午后举行的婚礼再合适不过了。这顶帽子饰有花朵和雪纺，还有一层贴有含羞草的黄色面网。

架子上的另外两顶帽子则适合更多的场合。一顶被奥利弗夫人称作“农家帽”，是用黄褐色毡子做成的，还有一个大小合适的帽檐可以翻上翻下。这顶帽子几乎可以搭配任何图案的呢子大衣。

奥利弗夫人有一件保暖性能很好的羊绒衫和一件天热时穿的薄套头衫。这两件衣服的颜色都很适合配这顶帽子。尽管她经常穿套头衫，但她几乎没有戴过这顶帽子。确实，谁会为了去乡下跟几个朋友吃饭而特地戴一顶帽子呢？

第四顶帽子是最贵的，它最大的优点就是极其耐用。奥利弗夫人有时会想，这可能就是它那么贵的原因吧。这顶帽子是由好多层天鹅绒布做成的，每层颜色都十分柔和，所以和任何衣服都能完美搭配。

奥利弗夫人迟疑地停了下来，然后喊人来帮她。

“玛丽亚，”她叫着，然后又提高了声调，“玛丽亚，过来一下。”

玛丽亚来了。她已经习惯了对奥利弗夫人的穿衣打扮给出建议。

“您打算戴那顶可爱又时尚的帽子吗？”玛丽亚问。

“是的，”奥利弗夫人回答道，“我想知道，你觉得这样戴好看些还是反过来好看些。”

玛丽亚后退了几步仔细看了看。

“您现在是前后反着戴的，对吗？”

“是的，我知道，”奥利弗夫人说道，“我当然知道。但是我觉得这样反着戴好像更好看些。”

“哦？为什么呢？”玛丽亚问道。

“我猜它就应该这么戴。这种戴法是我发明的，商店也是这么推荐的。”奥利弗夫人说。

“为什么您会认为这种反着戴的错误戴法更好呢？”

“因为这样可以露出可爱的蓝色和深棕色阴影呀，我觉得这比正着戴时露出的红色、绿色和巧克力色好看得多。”

正说着，奥利弗夫人把帽子摘了下来，又试着把帽子反着戴，正着戴，侧着戴，但不论哪一种戴法都不能令她和玛丽亚满意。

“您不能那样横着戴。我的意思是，那不适合您的脸型，对吗？那样戴不适合任何人的脸型。”

“的确，那样戴不行。我还是正着戴吧。”

“嗯，这样戴会稳妥些。”玛丽亚说。

奥利弗夫人摘下帽子。玛丽亚帮她穿上一件剪裁得很合体的紫褐色薄羊毛裙，又帮她把帽子戴好。

“您看上去总是那么漂亮。”玛丽亚说。

这就是奥利弗夫人喜欢玛丽亚的原因。只要有一点借口，她就总是会恰到好处地夸奖你、赞美你。

“您要在午宴上演讲吗？”玛丽亚问。

“演讲？”奥利弗夫人语气中带着反感，“不，当然不会。你知道我从来不发表演讲的。”

“哦，我还以为在那种文学午宴上人们总是要发表演讲的。您不是正要去参加那样的午宴吗？一九七三年，或是我们现在所处的随便哪年的著名作家都会到场吧。”

“我不必发表演讲。”奥利弗夫人说，“那几个喜欢发表演讲的人自然会发言，而且他们一定会讲得比我好多了。”

“我相信如果您用心准备，一定可以发表一次精彩的演讲。”玛丽亚试探地说道。

“不，不会的。”奥利弗夫人说，“我知道自己能做什么，也知道自己不能做什么。如果让我发言，我会焦虑不安，可能还会结巴，甚至把同样的事情说上两遍。我不仅会觉得自己很愚蠢，别人看我时可能也会觉得我愚蠢。而对于文字就好办多了，我可以写下来，对着机器讲出来，或是自己口述后让别人听写下来。只要不是发表演讲，我对文字的运用可是得心应手。”

“那好吧，我希望一切顺利。我相信一定会顺利的，这可是一场盛大的午宴。”

“是的，”奥利弗夫人用一种深沉且沮丧的语气说道，“确实是一场盛大的午宴。”

为什么？她想着，但没说出来。我究竟为什么要去参加这个午宴？她在头脑中搜索着原因，因为她总喜欢知道自己打算做什么，而不是在做完后才回头纳闷自己究竟为什么要做这件事。

“我猜，”奥利弗夫人对自己而不是玛丽亚说，“我想看看这究竟是一种什么样的感觉。我总是被邀请参加文学午宴或是类似的活动，但却从来没去过。”而这时玛丽亚已经匆忙赶回厨房，因为她闻到了一股果酱的焦煳味，那是她放在火炉上的果酱溢出后发出的味道。

奥利弗夫人赶到的时候，这个盛大午宴已经开始上最后一道菜了。她一脸满足地摆弄着盘子里剩下的蛋白甜饼。她特别喜欢蛋白甜饼，而它又是这些非常可口的菜品的中最后一道佳肴。不过，当一个人到了中年，就得对这些蛋白甜饼多加留意了。牙齿吗？它们看上去挺好的，它们最大的优势就是不会痛，而且还那么白，看上去十分顺眼，就像真的一样。但千真万确的是，它们并不是真的牙齿。而奥利弗夫人认为，那些假牙也不是由什么高级材料制成的。她一直都坚信，狗的牙齿才是真正象牙质的，人类的牙齿不过是骨质的。或者，如果它们是假牙的话，她猜那一定是塑料的。不管怎样，只要假牙不会让你出什么洋相就好。吃起来费劲的东西有很多种，像是生菜、咸杏仁、实心巧克力，还有粘牙的焦糖糖果或是好吃但更加粘牙的蛋白甜饼。奥利弗夫人一脸满足，吃完了最后一大口。这是一顿非常棒的午餐，非常棒。

奥利弗夫人非常喜欢这样的物质享受。她享受这次午宴，也享受着他人的陪伴。尽管午宴是为女作家们举办的，但幸运的是，到场的宾客不仅限于她们，其他的评论家、作家和读者也均在座。奥利弗夫人坐在两位非常有魅力的男士中间。其中一位是埃德温·奥宾，奥利弗夫人一直很喜欢他的诗。他是一位非常有趣的人，这都源自他丰富的国外旅行见闻、广博的学识和亲身的探险经历。同时，埃德温·奥宾对餐馆和食物也很感兴趣，他们兴致勃勃地聊着关于食物的话题，把午宴的主题——文学抛在了脑后。

坐在奥利弗夫人另一边的是韦斯利·肯特爵士，他也是一位令人愉悦的午宴伙伴。他恰到好处地赞美了奥利弗夫人的作品，完全没有让她感到尴尬，这是很多人做不到的。他还提到了喜欢她的书的一两个理由，而这些理由都是合情合理的。因此奥利弗夫人十分喜欢他。她想，来自男人的赞美总是恰当的，女人的赞美则太过夸张。那些女性读者写给她的信啊！真的要提那些事吗？当然也不总是女性，有时候那些来自遥远国家的年轻男子，他们也会太过于情绪化。就在上周她才收到了一封读者来信，信的开头是这样的，“读了您的书之后，我觉得您一定是一位高尚的女士。”信中还提到，在看完《第二条金鱼》后，他就陷入了一种对文学的强烈痴迷状态，这让奥利弗夫人感觉很不合适。她并不是过分谦虚，她认为自己写的侦探小说的确是同类小说中的佼佼者。有一些故事并没那么好，但另一些要比其他小说好得多。但即使这样，从她的角度来说，也没有任何原因能让别人认为她是一个高尚的女人。她只是一个幸运的女人，一个拥有令人愉悦的写作技巧并有很多读者的幸运女人。这是多么棒的运气啊！奥利弗夫人暗自想道。

好了，如果把所有事情都考虑进去，她已经顺利地度过了这折磨人的午宴。她自己很享受，也跟别人进行了愉快的交谈。现在宾客们要移步至喝咖啡的地方。在那儿，你可以自由地更换谈话对象，和更多的人进行交谈。奥利弗夫人深知，这才是最危险的时刻，那些女人一定会来攻击她，而她们的武器便是虚伪的赞美。她总觉得自己的回答既拙劣又空洞，根本不是正确的回复，但这是因为你根本无法就那样的问题给出什么正确回答。这就像一本出国旅行攻略书中教你的日常用语一样没用。

例如：“我一定要告诉您我有多么喜欢您的书，它们真是太精彩了。”

每当这时，奥利弗夫人只能慌张地回答：“那可真好，我很高兴您喜欢它。”

“您必须明白，为了要见您，我已经等了好几个月了。这可真是太棒了。”

“噢，你人可真好，特别好。”

谈话就像这样进行下去，似乎你们的谈话只能是关于你的书，或是你了解的其他女作家的书，根本无法聊些书以外的趣事。你就像掉进了一张文学的大网，但你又不擅长谈论这样的话题。也许有些人能做到，但奥利弗夫人痛苦地意识到自己并不具备这种能力。她曾在一个外国大使馆暂住，那时一位外国朋友指出了这一点。

“我听过您讲话，”艾伯蒂娜用她那迷人、低沉的异国腔调说，“我听过一位年轻的报社记者对您进行的采访。您没有表达出来——完全没有！您完全没有表达出对自己作品应有的自豪。您应该说，‘是的，我写得很好。我写的侦探小说比其他侦探小说都好。’”

“但我并没有写得那么好，”奥利弗夫人说，“我是写得不差，但是——”

“哎呀，别说‘我并不是’。您一定要说您是。即便您不这么认为，也要这么说。”

“艾伯蒂娜，我希望你能见见那些来采访的记者，”奥利弗夫人说，“你一定能做得很好。你能不能装作是我，然后让我在门后偷偷听？”

“嗯，我觉得我能做到，那应该会很有趣。但是他们会知道我并不是您，因为他们认识您的脸。记住，您一定要说‘是的，我知道我比其他人都好’。您必须这样告诉所有人。他们应该知道这一点，甚至应该广而告之。真的，听您说那样的话真是太可怕了，好像您在为自己成为这样的人道歉似的。您可千万别再这样了。”

奥利弗夫人想，她就像一个新演员在学习如何表现角色似的，而导演却发现她在接受指导方面无药可救。好了，不管怎么样，到现在还没有什么大的窘境出现。当他们所有人一起从桌边站起身时，已经有几位女士在等着了。实际上，奥利弗夫人看到有几位已经徘徊了一阵子，这并不是什么大麻烦。她只要微笑着走过去，友善地说“你真好，我真高兴。知道有人喜欢我的书真是太让人高兴了”。都是些陈词滥调。这就像把手伸进一个盒子，从中取出几个已经排列好的有用的词，像把珠子串成项链一样。而用不了多久，她就能离开这里了。

奥利弗夫人环视了一下桌子四周，因为她很可能会看到一些朋友，又或是潜在的仰慕者。的确，她看到了远处的莫林 · 格兰特，那可是个有趣的人。这时，女作家和参加午宴的骑士们都站了起来。他们向椅子、咖啡桌、沙发和那些隐秘的角落涌去。奥利弗夫人暗想，这种时刻才是最危险的。这样的场景应该更多地出现在鸡尾酒会上，而不是文学聚会，当然这也是因为她很少参加这样的文学聚会。任何时刻都可能发生危险情况，例如有些人记得你而你却不记得他们，又或是你无法避免地要与自己不想遇到的人交谈。这时，这种进退两难情况中的前者发生了。一个大个子女人向她走来。这个女人身材高大，牙齿洁白，嘴里像是在咀嚼着什么东西。法语中会将这种人称作“一个令人敬畏的女人[①]”。但她可不只是法语中所说的令人敬畏，英语中所谓专横跋扈在她身上也有体现。很明显，她要不就是认识奥利弗夫人，要不就是想当场跟奥利弗夫人套近乎。事实证明当时的情况是后者。

“奥利弗夫人，”她高声说，“今天能见到您可真是我的荣幸。我很久以前就希望能见到您。我和我的儿子都特别喜爱您写的书。我丈夫过去坚持说，不带上两本您的书就没法去旅行。您来，请坐下。我有好多事情想要向您请教呢。”

唉，她可不是我喜欢的那种女人，奥利弗夫人想，但是她跟其他人也没什么两样。

奥利弗夫人任由那女人像警察一样把自己领到一个角落里的长靠椅前。她的新朋友接过一杯咖啡后，也在她的面前放了一杯。

①原文为法语，une femme formidable。——译者注

“好了，现在我们已经坐定了。我猜您不知道我的名字，我是伯顿－考克斯夫人。”

“好的。”奥利弗夫人如往常一样尴尬地说。伯顿－考克斯夫人？她也写书吗？不，奥利弗夫人真的想不起来任何与这女人有关的事，但又好像听过这个名字。她脑海中闪过一丝模糊的记忆，她是不是写了一本有关政治或是类似的书？不是小说，不是轶事，也不是侦探小说。也许是一本带有政治偏见的书，显得很有学问似的。这样就简单多了，奥利弗夫人松了一口气。她想到，我可以让她一直讲话，时不时说上几句“真有趣啊”就好了。

“对于我接下来要说的话，您一定会感到十分惊讶。”伯顿－考克斯夫人说，“但是通过读您的书，我感觉您是一位能够与人产生情感共鸣的人。我觉得如果有人能够对我接下来将要问您的问题给我一个答案，这个人一定是您。”

“我不这么认为，真的……”奥利弗夫人说道。她努力想要找出几个词来说明她并不确定自己是否担得起如此高的要求。

伯顿－考克斯夫人拿起一块方糖在咖啡里蘸了蘸，像食肉动物似的嘎吱嘎吱地嚼着，就像那是一块骨头似的。也许是象牙质的牙齿，奥利弗夫人模糊地想着。狗和海象的牙齿都是象牙质的，当然，大象的牙齿也是，它们的牙齿可是又大又长。

伯顿－考克斯夫人说道：“现在我要问您第一件事——虽然我敢肯定我是对的——您有个教女，对吗？她叫西莉亚·雷文斯克罗夫特？”

“噢，”奥利弗夫人说，既惊讶又开心。她觉得自己也许能应付一个教女的话题。问题是她有很多教女和教子。有时候她不得不承认，随着她慢慢上了年纪，她没法记得他们所有人。她已经在适当的时候尽了自己作为教母的责任。一个人作为教母的责任就是在教子、教女们还年幼的那几年送给他们圣诞礼物，去拜访他们和他们的父母，或是在他们成长的过程中让他们来自己家做客，又或是从学校中把他们接出来。然后，在加冕礼的二十一岁生日那天，做些气派的事情获得大家的认可，或是在他们结婚那天送上一些礼物或是礼金，以此来表达自己的祝福。从那之后教子们就会渐渐远离，他们要么结婚要么出国，到驻外使馆，在外国的学校中教书，又或从事各种社会工作。不管怎样，他们都会一点一点地从你的生活中消失。如果他们突然出现，你见到他们会很高兴。但是一定记得要想清楚你最后一次见他们是什么时候，他们是谁的儿女，以及你是因为什么被选为教母的。

“西莉亚 · 雷文斯克罗夫特，”奥利弗夫人尽她最大的努力说，“是的，当然。我当然有这么一个教女。”

她眼前并没有出现西莉亚 · 雷文斯克罗夫特的样子，有的话也是很早以前的记忆了，有关于那次洗礼的记忆。她去参加了西莉亚的洗礼仪式，还送了一个非常精美的安妮王后时期的银质过滤器作为礼物。那个过滤器确实非常精美，用来过滤牛奶特别好。而且如果教女急需用钱，她还可以把这个过滤器卖个好价钱。是的，她清清楚楚地记得那个过滤器是一七一一年安妮女王时期制成的。上面还印着不列颠尼亚[①] 女神标志。比起实实在在的小孩，记起一个银质咖啡壶、过滤器或是洗礼用的大杯子可要容易多了。

“是的，”奥利弗夫人说，“是的，当然。但恐怕我已经很久没有见过西莉亚了。”

“啊，是的。当然，她是一个比较冲动的女孩，”伯顿－考克斯夫人说，“我是说，她经常会改变主意。当然，她很聪明，在大学成绩也

①不列颠尼亚，是罗马帝国对不列颠岛的拉丁语称呼，后又据此衍生出守护不列颠岛的女神名称。——译者注

很好。但是——问题在于她的政治见解——我猜现在的年轻人都有自己的政治见解。”

“恐怕我对政治接触得不多。”奥利弗夫人说，她极其厌恶政治。

“您看，我正准备跟您说说心里话。我要告诉您我想知道的事，我相信您一定不会介意。我听很多人说起过您人有多好，总是愿意帮助别人。”

我想知道她是不是要跟我借钱，奥利弗夫人想，她经历过很多次谈话都是以这种方式开始的。

“您看，现在对我来说是最重要的时刻。我感觉有些关于西莉亚的事情我必须要了解。西莉亚将要嫁给——至少她觉得她会嫁给——我的儿子，德斯蒙德。”

“噢，真的吗？”奥利弗夫人说。

“至少，他们目前是这么想的。当然，一个人必须要了解别人，有些事是我非常想知道的。这件事问别人有些不太妥当。而且我不能——我是说，我不能直接去问一个陌生人，但是我觉得您不是陌生人，亲爱的奥利弗夫人。”

奥利弗夫人想，我倒希望你觉得我是个陌生人。她开始紧张起来，想知道西莉亚是不是已经有了一个私生子，或是她将要有一个私生子。而奥利弗夫人她自己，是否应该知道这件事的细节。这可就太尴尬了。另一方面，奥利弗夫人想，我已经有五六年没有见过她了，她已经有二十五六岁了吧。所以我可以轻松地说我什么都不知道。

伯顿－考克斯夫人向前探着身子，呼吸沉重。

“我想让您告诉我是因为我觉得您一定知道这件事，或是知道这件事是怎么发生的。究竟是她母亲杀死了她父亲，还是她父亲杀死了她母亲？”

奥利弗夫人万万没想到她会提出这个问题。她难以置信地盯着伯顿－考克斯夫人。

“但是我不——”奥利弗夫人停了一下，“我，我不明白。我是说，为什么……”

“亲爱的奥利弗夫人，您一定知道……我是说，这么有名的案子……当然，我知道那已经是很久以前的事了，我猜至少有十到十二年了，但当年真是轰动一时。我敢肯定您记得，您一定记得。”

奥利弗夫人的大脑绝望地运转着。西莉亚是她的教女，这倒是没错。西莉亚的母亲——是的，当然，她的母亲莫莉·普雷斯顿－格雷是她的一位不太亲密的朋友。莫莉嫁给了一个军人，是的，他叫什么来着——什么雷文斯克罗夫特爵士。还是说他是个大使？不可思议，人总是记不清这种事。她甚至记不清有没有给莫莉当过伴娘，她想她是当过的。他们的婚礼相当时髦，好像是在士兵教堂或是类似的地方举行的。但她真的忘记了。婚礼之后她又有很多年没有见过他们——他们去了别的地方——中东？波斯？伊拉克？又一次去了埃及？马来亚？在他们偶然回到英格兰时，她再次遇见过他们。但他们就像一张拍好后供人观看的照片，你模糊地知道照片中的人是谁，但照片已经褪色，你认不出也记不得照片中的人。奥利弗夫人现在也想不起雷文斯克罗夫特爵士和夫人，即莫莉·普雷斯顿－格雷，是否对自己的生活产生过什么影响。她认为没有过。但是……伯顿－考克斯夫人还在盯着她看，似乎对她缺乏专业素养[①]和不能够回忆起如此轰动一时的案件[②]感到失望。

“杀死？你是说——一起事故？”

①原文为法语，savoir-faire。——译者注

②原文为法语，cause célèbre。——译者注

“噢，不，那并不是一起事故。我想那是在康沃尔，一栋海边的房子。那里有很多岩石。不管怎么说，他们在那儿有一栋房子。他们被发现时双双被枪射杀，死在悬崖上。但现场没有任何东西能让警察查出究竟是妻子先射杀了丈夫后自杀，还是丈夫先杀了妻子后自杀。警察仔细研究了那些证据——包括子弹和其他东西，但是太难了。他们认为可能是一种自杀约定——我忘了当时的结论了，可能是意外吧。但是所有的人都知道，那一定不是单纯的意外。那时真是传闻满天飞呢。”

“可能都是些凭空捏造的传闻吧。”奥利弗夫人说着，希望自己能努力回忆起其中一个故事。

“也许吧，也许，也很难说。有传言说这件事发生的当天或是前一天，有人听到他们争吵，也有传言说夫人在外面还有另一个男人，当然还有人说将军在外面有另一个女人。我们永远也没法知道事情究竟是怎样的。我想这件事能如此快地冷却下来是因为雷文斯克罗夫特将军的地位相当高。据说雷文斯克罗夫特将军那一年都待在疗养院中，他很虚弱或是什么的，而且他根本就不知道自己在做什么。”

“恐怕，”奥利弗夫人坚定地说，“我必须说明我对这件事一无所知。在你提起之后，我确实想起来发生过这么一件事。我记得那些名字，也认识那些人，但是我从来都不知道发生了什么，也不知道关于这件事的任何情况。我真的什么也不知道……”

真的，奥利弗夫人想，她希望自己有足够的勇气说，你怎么胆敢如此鲁莽无礼地问我这样一件我根本不知道的事情。

“我要知道这件事，它对我很重要。”伯顿－考克斯夫人说。

她的眼睛开始闪烁起来，就像坚硬的大理石。

“它很重要，您知道，因为我最爱的儿子想娶西莉亚。”

“恐怕我帮不了你，”奥利弗夫人说，“我什么都不知道。”

“您肯定知道，”伯顿－考克斯夫人说，“我是说，您写的故事那么精彩，您对犯罪这种事了如指掌。您知道谁会犯罪和他们为什么要犯罪。我很肯定各种各样的人都会告诉您那些故事背后的内情，因为他们对这种事情想过很多。”

“我一无所知。”奥利弗夫人不再礼貌，语气也有些厌恶。

“但是您肯定能理解，我真的不知道还能去问谁。我是说，经过这么多年之后，我肯定不能再去问警察。很显然，他们试图把这件事压下去，所以我想他们什么也不会告诉我。但我觉得知道真相很重要。”

“我只写书。”奥利弗夫人冷淡地说，“我写的那些故事纯属虚构。我个人对犯罪一窍不通，对犯罪学也没什么研究。恐怕我无法以任何方式帮你。”

“但是您可以去问您的教女啊。您可以去问西莉亚。”

“去问西莉亚？”奥利弗夫人再次瞪大了双眼，“我不觉得我应该那么做。她还是——我想这件惨案发生时她还是个很小的孩子。”

“噢，但是我认为她知道一切。”伯顿－考克斯夫人说，“小孩子总是什么都知道。她会告诉您的，我确定她会告诉您。”

“我认为你最好亲自去问她。”奥利弗夫人说。

“我真的没法那样做。”伯顿－考克斯夫人说，“您知道，我认为德斯蒙德不会喜欢我那样做。他相当……唉，只要涉及西莉亚，他就相当敏感，所以我真的不认为……不……我相信她会告诉您的。”

“我真的做梦都没想过要去问她。”奥利弗夫人说，她假装看了一眼手表，“天啊，”她说，“这次愉快的午宴已经结束很久了。我得赶快走了，我还有个非常重要的约会。再见，呃，伯顿－考克斯夫人，真抱歉我帮不了你，这些事相当微妙。在你看来，知道或不知道这件事有什么区别吗？”

“我认为这区别可大了。”

这时，奥利弗夫人非常熟悉的一位文坛友人刚好经过。奥利弗夫人跳起来抓住了她的手臂。

“路易斯，亲爱的，见到你真高兴。我没注意到你也在这儿。”

“噢，阿里阿德涅，好久不见。你瘦了好多，对吗？”

“你总是说些令我愉悦的事。”奥利弗夫人一边说，一边用手挽住她的朋友，离开了长椅。“我正打算要离开这里，我还有个约会。”

“我猜你是被那个可怕的女人困住了，对吧？”她的朋友说着，越过她的肩膀看了看伯顿－考克斯夫人。

“她正在问我一些最不寻常的问题。”奥利弗夫人说。

“噢，你不知道怎么回答吗？”

“不知道。本来那也不关我的事，我什么都不知道。我根本也不想回答那些问题。”

“是关于什么有趣的事吗？”

“我猜，”奥利弗夫人说着，一个新念头浮现在她脑海中，“我猜可能很有趣，只不过——”

“她起身追来了。”她的朋友说，“来，我送你出去。你的车如果还没来的话，我送你去你要去的地方。”

“在伦敦我从来不把车开出来，太难停车了。”

“我知道，简直要命。”

奥利弗夫人友好地跟大家道了别。谢天谢地，她带着令人愉悦的话语离开了。汽车一会儿就行驶在伦敦的某个广场上了。

“伊顿公寓，是吗？”那个好心的朋友说。

“是的，”奥利弗夫人说，“但我现在要去——我想是怀特弗雷尔斯大厦。我记不太清名字了，但是我知道在哪儿。”

“噢，相当现代的公寓，方方正正的。”

“没错。”奥利弗夫人说。

第二章　第一次提到大象

奥利弗夫人发现她的朋友赫尔克里·波洛并不在家，只好借助电话来询问。

“今晚你会在家吗？”奥利弗夫人问。

她坐在电话旁，有些焦急地用手指敲着桌子。

“您是——？”

“阿里阿德涅·奥利弗。”奥利弗夫人说。她总是惊讶地发现自己必须报上姓名，因为她一直希望她所有的朋友一接电话就能分辨出她的声音。

“是的，整晚我都在家。这是否意味着我将有幸得到您的光临？”

“你可真会说话，”奥利弗夫人说，“我没想到你会认为这是一种荣幸。”

“见到您总是令人愉快的，亲爱的夫人[1]。”

---

①原文为法语，chère Madame。——译者注

“我不知道，”奥利弗夫人说，“我可能要，嗯，麻烦你一些事。我想问一些事情，想知道你的想法。”

“我随时都愿意告诉你任何事。”波洛说。

“发生了一些事，”奥利弗夫人说，“一些令人厌烦的事，我不知道该怎么处理。”

“所以您想来见我。我真是太荣幸了，非常荣幸。”

“你什么时间方便呢？”奥利弗夫人问。

“九点？也许我们可以一起喝点咖啡，除非您更喜欢石榴汁或是黑加仑酒[①]。不过不会的，我记得您不喜欢那些。”

“乔治，”波洛对他忠诚的男仆说，“我们今晚将有幸见到奥利弗夫人。准备好咖啡，或者某种甜酒。我从来都不确定她喜欢什么。”

“我见过她喝樱桃白兰地，先生。”

“我想她也喝薄荷奶油酒[②]，但她更喜欢樱桃白兰地。很好，”波洛说，“那就这样。”

奥利弗夫人准时到访了。

吃晚饭的时候波洛一直在纳闷，究竟是什么原因驱使着奥利弗夫人来见他，为什么她对自己将要做的事情那么不确定？难道她会带来一些难题？或是她要告诉自己一件罪案？波洛很清楚地知道，上述这些事在奥利弗夫人身上都有可能发生。有可能是最平凡的事，也有可能是最不寻常的事。这些事对她来说都差不多。他认为她很焦虑。好了，赫尔克里·波洛想，他能应付奥利弗夫人。他与奥利弗夫人打交

①原文为法语，Sirop de Cassis。——译者注

②原文为法语，crème de menthe。——译者注

道一直都很顺利。奥利弗夫人有时会惹恼他，但同时他也真的很喜欢她。他们一起经历过很多事。他今早还在报纸上看到了一些关于她的消息——或者是在晚报上？他得试着在她来之前把它记住。他刚记住那些内容，奥利弗夫人就到了。

奥利弗夫人一走进房间，波洛立刻断定自己关于她的焦虑所做的判断是千真万确的。她的发型，虽然经过很精心的打理，但还是被她用手指弄乱了。每当奥利弗夫人紧张忙乱时，她都会这么做。波洛愉快地接待了奥利弗夫人，请她坐在椅子上，给她倒了一杯咖啡，又递给她一杯樱桃白兰地。

“噢！”奥利弗夫人如解脱般说道，“我想你准会认为我太傻，但是——”

“我明白。我在报纸上看到您今天去参加了一个为著名女作家举办的文学午宴。我以为您从来都不参加这种活动。”

“我通常不会去的，”奥利弗夫人说，“而且我再也不会去了。”

“啊，您在那儿不开心吗？”波洛同情地说。

波洛知道奥利弗夫人会在怎样的情况下感到尴尬，过分地称赞她的书会令她非常不安。她曾经告诉波洛，她从来都不知道在别人称赞她时该怎么恰当地回答。

“您感到不开心吗？”

“某些事发生之前，我还是开心的。”奥利弗夫人说，“接着发生了一件令人厌烦的事。”

“这样啊，那件事就是您来见我的原因吧。”

“是的，但是我真的不知道为什么。我是说，那件事跟你一点关系都没有，而且我觉得你也不会感兴趣。连我也不怎么感兴趣。但我想我还是对它产生了兴趣，不然我不会想来见你，听听你的想法——嗯，如果你是我会怎么做？”

“最后这个问题很难回答。”波洛说，“我知道我自己，赫尔克里·波洛，如何处理事情。但是我不知道您会如何处理，尽管我很了解您。”

“现在你一定有些想法了，”奥利弗夫人说，“你已经认识我这么久了。”

“差不多——到现在有二十年了？”

“噢，我不知道，我从来都记不起哪年哪月这样的日期。你知道，我很容易把事情弄混。我记得一九三九年是因为那一年战争爆发，我记得其他日期是因为一些乱七八糟的怪事。”

“不管怎么说，您去了文学午宴，但一点也不享受。”

“我很享受那顿午宴，但后来……”

“有人对您说了一些事情？”波洛说，就像医生友善地询问病人的病症一样。

“嗯，几个参加午宴的宾客正在跟我谈论着什么，一个专横的大个子女人突然向我走来。她像是那种总能成功支配别人的人，但会让你感到很不自在。你知道，她就像那种抓蝴蝶的人，只是她手里没拿着网。她抓到了我，把我推进座位，然后开始跟我谈起我的一个教女。”

“是吗，您喜欢的一个教女？”

“我已经有很多年没有见过她了。”奥利弗夫人说，“我不可能掌握我所有教子、教女的情况。接着那女人问了我一个最令人烦恼的问题。她想要我——噢天哪，我是多么难以启齿——”

“不，不是的，”波洛温和地说，“这很容易。每个人迟早都会告诉我一切的。因为我只不过是个外国人，所以一点麻烦也没有。您可以告诉我。”

“嗯，告诉你是容易些。”奥利弗夫人说，“她问起我那个教女父母的情况。她问我是她母亲杀死了她父亲，还是她父亲杀死了她母亲。”

“请您再说一遍。”波洛说。

“我知道这听起来很荒唐。其实我也觉得这很荒唐。”

“是您教女的母亲杀死了她的父亲，还是她的父亲杀死了她的母亲。”

“没错。”奥利弗夫人说。

“但——这是真的吗？她父亲真的杀了她母亲，或者她母亲真的杀了她父亲？”

“嗯，他们双双死于枪杀。”奥利弗夫人说，“在一个悬崖上面，我记不清是在康沃尔还是在科西嘉了。事情差不多就是这样。”

“那么这是真的了。然后呢，她还说了什么？”

“噢，是的，一部分是真的。这件事发生在很多年前。但是我想知道，她为什么要来问我这件事？”

“因为您是一个侦探小说家。”波洛说，“她肯定说您了解犯罪的一切。这件事真的发生过吗？”

“是的，这可不是那种假设性问题，问你发现自己的母亲杀了父亲或是父亲杀了母亲之后，该如何做？不是的，这件事真的发生过。我想我最好把一切都告诉你。我的意思是，我想不起所有细节，但是这件事当时轰动一时。这件事发生在——噢，我想那至少是大约十二年前了。就像我提过的，我之所以能记住那些人的名字是因为我真的认识他们。那位妻子曾经和我一起上学，我和她很熟，我们是朋友。那个案子影响很大，报纸上铺天盖地的全是它。阿里斯泰尔·雷文斯克罗夫特爵士和雷文斯克罗夫特夫人，一对非常恩爱的夫妇。丈夫是个上校或者将军，妻子一直跟着他周游世界。然后他们在某个地方买了幢房子，我想是在国外，但具体哪里记不清了。然后，突然间报纸报道了这件案子。有人杀了他们，或是他们被暗杀，又或是他们相互杀死了对方。我想他们有一把左轮手枪，放在房子里很多年了——我最好把我记得的所有事都告诉你。”

稍稍打起精神后，奥利弗夫人向波洛原原本本地讲述了[1]她知道的一切。波洛时不时就一些细节向她核实。

“但是为什么？”他终于开口说道，“为什么那个女人想打听这件事？”

“嗯，这就是我想搞清楚的。”奥利弗夫人说，“我想我能找到西莉亚。我是说，她仍然住在伦敦。不是剑桥，就是牛津——我想她已经拿到了学位，不是在这儿讲课就是在那儿教书，反正做着类似的事。还有——她非常现代，经常和一些穿着奇装异服、留着长头发的人在一起。我想她没有吸毒，应该过得挺不错的——我只偶尔和她有些联系。我是说，她会在圣诞节或类似的节日给我寄张卡片。唉，一个人没法什么时候都想着自己的教子教女们，况且她都已经二十五六岁了。”

“她没结婚？”

“没有。显然理论上她正要嫁给——那个女人叫什么来着？——噢，对，布里托夫人——不对——伯顿－考克斯夫人的儿子。”

“伯顿－考克斯夫人不想让她的儿子娶这位姑娘，因为她父亲杀了她母亲，或是她母亲杀了她父亲？”

“嗯，我想是这样的。”奥利弗夫人说，“这是我能想到的唯一理由。但是谁杀了谁有什么关系吗？如果你父母中的一个杀了另一个，这真的对你未婚夫的母亲很重要吗？这绕到哪儿去了？”

---

①原文为法语，résumé。——译者注

“一个人可能确实要考虑这种事。”波洛说，“这件事——是的，确实很有意思。我的意思不是说阿利斯泰尔·雷文斯克罗夫特爵士和雷文斯克罗夫特夫人很有意思。我好像模糊地记得某件和这件案子相似的案件，或许不是同一件。但伯顿－考克斯夫人很奇怪，她可能有些思考过度。她是不是很宠爱她的儿子？”

“有可能。”奥利弗夫人说，“她可能根本就不想让她儿子娶这个姑娘。”

“因为那个姑娘也许遗传了她母亲杀害自己丈夫的倾向——或类似的事情？”

“我怎么会知道？”奥利弗夫人说，“那女人似乎认为我能告诉她真相，但她真的没有告诉我足够的信息，对不对？你觉得这是为什么？这背后隐藏着什么？这意味着什么？”

“解开这个谜一定会很有趣。”波洛说。

“嗯，所以我才来找你。”奥利弗夫人说，“你喜欢找出事情的真相，那些你一开始看不清楚缘由的事。我的意思是，没人能看清那些缘由。”

“您知道伯顿－考克斯夫人更倾向于哪种想法吗？”波洛说。

“你是说她更希望丈夫杀了妻子，还是妻子杀了丈夫？我不这么认为。”

“好了。”波洛说，“我明白您的窘境。这确实很有趣。您从一个聚会回来，被要求做某件很困难、几乎不可能完成的事，您想知道怎么处理才是恰当的。”

“嗯，那你觉得怎么处理才恰当？”奥利弗夫人说。

“不好说。”波洛说，“我不是女人。您在宴会上碰到了一个您并不认识的女人，她把这个问题摆在您面前，让您解决，却又不告诉您什么清楚的理由。”

“是的，”奥利弗夫人说，“现在阿里阿德涅应该怎么做？换句话说，如果你在报纸上看到这种事情，里面的主人公和我有一样的遭遇，他该怎么做？”

“嗯，我想，”波洛说，“您可以做三件事。第一，可以给伯顿－考克斯夫人写张字条，说，‘非常抱歉，但我觉得在这件事上我真的无法帮你’或写上任何您觉得合适的话。第二，您可以跟您的教女联系，告诉她，她的未婚夫——那个男孩或年轻男人，或是别的什么都可以——的母亲曾问过您什么。您会了解到她是否真的想要嫁给这个年轻人。如果她还想结婚，那么她是否知道为什么，或是那个年轻人有没有提过他母亲究竟在想些什么。另外一点很有意思，您会了解到这个女孩对自己未婚夫的母亲有怎样的看法。您能做的第三件事，”波洛说，“这也是我坚定地建议您去做的，是……”

“我知道，”奥利弗夫人说，“一个词。”

“无为。”波洛说。

“对极了。”奥利弗夫人说，“我知道这样做最简单也最恰当。无为。去告诉我的教女她未来的婆婆正到处打听些什么、说些什么，这样也太厚脸皮了。但是——”

“我知道，”波洛说，“好奇是人类的天性。”

“我想知道为什么那个可恶的女人要来对我说那些话。”奥利弗夫人说，“只有我知道了原因，我才能放轻松，才能忘掉关于它的一切。但我知道之前……”

“是的，”波洛说：“您会失眠，会半夜醒来。如果我足够了解您的话，您还会产生一些最不寻常、最夸张的念头。您都可以用那些念头写一个引人入胜的侦探故事了，一本侦探小说——或是恐怖小说，各式各样的故事。”

“好吧，我想如果我这样看待这件事，我还真能写出一些故事。”奥利弗夫人说着，她的眼睛微微闪了闪。

“别管它，”波洛说，“这会是一件很棘手的事情。看起来似乎根本没有理由去做。”

“我想我确实没有好的理由去做这件事。”

“人类的好奇心啊，”波洛说，“多有趣的事情。”他叹了口气，“想想我们整个历史都要归功于它，好奇心。我不知道是谁发明的好奇心，据说与猫有关，好奇害死猫嘛。但是我觉得其实是希腊人发明了好奇心。他们总想知道。据我所知，在他们之前，没什么人想知道更多的东西。他们只想知道自己生活的国家的法规，自己怎么做才能避免被砍头或是被钉在柱子上，都是些不幸的事。他们要么服从，要么不服从，却从来没想过为什么。但是从希腊文明以后，很多人都开始想知道为什么，因此很多事情才发生——轮船，火车，飞行器，原子弹，青霉素，治疗各种疾病的药物。一个小男孩看到母亲的水壶盖子被蒸汽掀开，接下来我们就有了火车，之后又导致了铁路工人罢工和一切的一切。等等，等等。”

“告诉我，”奥利弗夫人说，“你觉得我是个爱管闲事的人吗？”

“不，我不这么觉得，”波洛说，“总的来说我不认为您是一个有极大好奇心的女人。但我可以看出您在文学午宴上处于一种很不安的状态，忙于保护自己免受过多的赞美和夸奖。您反而使自己陷入了一个极其尴尬的困境，并且非常厌恶使您陷入这种状态的人。”

“是的，她是个非常令人厌烦的女人，很难和她相处。”

“过去发生的这起谋杀案中，夫妻二人相处非常融洽，并没有发现明显的争吵迹象，也没有人看到过有关这件事起因的报道。按照您的说法是这样吗？”

“他们是被枪杀的。是的，是被枪杀的。也有可能是种自杀约定，我想警察一开始就是这么认为的。当然了，已经这么多年过去，谁也没法知道当年发生了什么。”

“不，”波洛说，“我觉得我能找出一些相关线索。”

“你是说——通过你那些厉害的朋友？”

“嗯，我倒不觉得他们有多么厉害。但肯定会有一些学识渊博的朋友，他们能够拿到真实的记录，还能查出当年对那件案子做出的解释。他们其实就像是我取得一些特定记录的途径。”

“你肯定能发现一些事情，”奥利弗夫人充满希望地说，“然后请告诉我。”

“好的，”波洛说，“我想无论如何我都能帮助您了解这件案子的全部事实。但是这可能要花点时间。”

“我想，如果你着手去做了——当然这正是我想让你做的——那我自己也必须得做点什么。我一定得去见见我的教女。我得了解她究竟知道什么，还得问问她想不想让我去嘲弄一下她未来的婆婆，或是做些什么别的能帮助她的事。我还想见见她的未婚夫。”

“对极了，”波洛说，“非常棒。”

“我想，”奥利弗夫人说，“可能会有一些人——”她停下来，皱紧眉头。

“我觉得去问人可能不是个好主意，” 赫尔克里·波洛说，“这是一件过去发生的事，也许当时是一件轰动一时的案件。但您仔细想想，轰动一时的案件究竟是什么？除非一个案子有个惊人的结局[①]，否则人

①原文为法语，dénouement。——译者注

们没法称它为轰动一时的案件。这件案子并没有这样的结局，所以没有人会记得它。”

“是的，”奥利弗夫人说，“你说的这点倒是很对。那时报纸上铺天盖地全是关于这个案子的报道，热闹了一阵子，然后就淡了下来。嗯，就像现在的事一样。比如说前几天报道的，一个女孩离家出走之后就失踪了。五六年后，一个小男孩在沙堆或是小石子堆玩的时候，突然发现了她的尸体。这中间可经过了五六年呐。”

“是这样，”波洛说，“查证尸体死亡时间、当天发生了什么事，再查阅各种有书面记录的事件，很有可能发现凶手。但是您提出的问题要难得多，因为看上去这问题的答案肯定是以下两种之一：丈夫不喜欢他的妻子，想要摆脱她；或是妻子憎恨她的丈夫，或她有个情人。因此，这很可能是一起激情犯罪，或是很不寻常的一起罪案。不管怎么说，我们什么也发现不了。如果当时警察找不出杀人动机，那这个动机一定隐藏得很深。正是因此，这件事虽然轰动一时，但很快又被人们忘却。就是这样。”

“我想我该去见见我的教女。也许这就是那个可恶的女人想让我去做的。她认为那姑娘知道——好吧，她也许真的知道，”奥利弗夫人说，“你知道，小孩子总会知道些最离奇的事情。”

“您知道那时您的教女多大吗？”

“唔，我推算一下。她可能是九岁或是十岁，也有可能更大一点，我不知道。我想她那时正在别的地方上学。但这有可能只是我从我看过的报道中得来的设想。”

“但您认为伯顿－考克斯夫人想让您从那个姑娘那里得到些信息，是吗？也许那个女孩知道些什么，也许她跟她的男朋友说了什么，之后那个小伙子又对他母亲说了些什么。我认为伯顿－考克斯夫人曾经尝试过亲自去问那女孩，但她被拒绝了。然后她想到了著名的奥利弗夫人，您既是那姑娘的教母，又有着丰富的犯罪知识，她可能会从您这里得到些信息。但是我还是不明白这事究竟和她有什么关系。”波洛说，“而且我不认为您模模糊糊提到过的那些人能在这么多年后帮上忙，谁会记得呢？”

“嗯，我想他们可能会记得。”奥利弗夫人说。

“这真令我感到惊讶，”波洛一脸疑惑地看着奥利弗夫人说，“真的会有人记得？”

“其实，”奥利弗夫人说，“我是在想大象。”

“大象？”

就像他以前经常认为的那样，波洛认为奥利弗夫人真的是最莫名其妙的女人。为什么会突然提到大象？

“昨天午餐时我想起了大象。”奥利弗夫人说。

“您为什么会想起大象呢？”波洛好奇地问。

“其实，我是在想牙齿。你知道，一个人试着吃东西的时候，如果有假牙的话——他就没法吃得很顺利。他必须小心挑选能吃什么，不能吃什么。”

“啊！”波洛深深叹了一口气，说道，“是的，是的。牙医可以为你做很多事情，但并不能做到一切。”

“是这样。之后我想到——你知道——我们的牙齿只是骨质的，并不那么好。如果是狗的牙齿就好了，狗有真正象牙质的牙齿。之后我又想到还有谁有象牙质的牙齿呢，我就想到了海象，还有类似的动物。同时我也想到了大象。当然，当你想起象牙的时候一定会想到大象，对吗？巨大的象牙。”

“千真万确。”波洛说。他还是没有完全明白奥利弗夫人究竟想要表达些什么。

“所以我想我们真正要做的事就是去见见那些像大象一样的人。据说大象从不忘事。”

“是的，我听过这种说法。”波洛说。

“大象从不忘记，”奥利弗夫人说，“你知道，那是一个小孩子们从小听到大的故事。说的是一个印度裁缝把一根针或是类似的东西刺进大象的象牙。不，不是象牙，是象鼻，对的，是大象的鼻子。多年以后，有一次大象从那个裁缝身边经过时，含了满满一大口水喷了裁缝一身。虽然大象已经很多年没见过那个裁缝了，但它并没有忘记他。大象什么都记得。我要做的是——跟一些大象联系上。”

“我还是不太明白您的意思，”赫尔克里·波洛说，“你把谁归入大象之列了？听起来您就像是要去动物园了解情况似的。”

“其实，不完全是那样。”奥利弗夫人说，“不是大象，是像大象一样的人。有些人从某种角度来说和大象很相似，他确实不容易忘事。事实上，人总会记得一些奇怪的事。我是说，有很多事我还记得很清楚。我记得我五岁的生日聚会，还有生日会上一个可爱的粉色蛋糕。蛋糕上有一只翻糖做的小鸟。我还记得有一天，因为我的金丝雀飞走了，我大哭了一场。还有一次我走进了一片田地，那里有一头公牛。有人跟我说公牛会来顶我，我害怕极了就跑了出去。嗯，我记得很清楚，那是个星期二。我不知道为什么我记得那是星期二，但确实是个星期二。还有，我记得一次美好的采摘黑莓的郊游。我被刺扎得很严重，但我比别人摘得都要多。那次真是太棒了！我想那是我九岁时候的事。不必回想得那么远。我是说，我一生中参加过上百次婚礼，但当我回想起来，只有两次让我印象特别深刻。一次是我当伴娘，那是在新福雷斯特举办的，但我记不清都有谁参加了。大概是我的一个表姐结婚。我跟她不太熟，但她想要很多的伴娘。邀请我去对她来说可能很方便吧。我还记得的另一次婚礼，是我的一个海军朋友结婚。他在一艘潜水艇里差点淹死，之后被救了上来。原本跟他订婚的女孩的家人不想让女孩嫁给他，但他们后来还是结婚了。我当时是婚礼上的伴娘之一。我是说，有些事你总会记得。”

“我明白您的意思了，”波洛说，“我觉得这很有趣。所以您会去寻找大象[①]？”

“是的，我一定要问清楚事情发生的确切日期。”

“那么，”波洛说，“希望我能帮上忙。”

“接下来我要回想一下当时我认识的人，那些跟我有共同朋友的人，他们也许认识那个什么将军。有的朋友可能是在国外认识的将军夫妇，但我已经很多年没有见过他们了。人们能够寻找多年没见的人。因为人总是很开心能见到故人，即使他们不太能记得起你了。之后你们就会很自然地聊起回忆里的事。”

“非常有趣。”波洛说，“我想您对自己的计划准备得很充分。您想到了那些和雷文斯克罗夫特一家相熟或不相熟的人；那些一直住在案件发生地点的人，或是曾经住在那里的人。这或许很困难，但是您一定能做到。而且，您可以尝试一些不同的方法。开始先聊聊当时发生了什么，他们认为发生了什么，或是别人跟他们提到的可能发生的事。谈谈关于那个丈夫或妻子的风流韵事，或是关于某人可能已经继承的财产。我想您肯定能挖出很多信息来。”

“天啊，”奥利弗夫人说，“恐怕我真的成了一个多管闲事的人了。”

“您被人分派了一个任务。”波洛说，“不是被您喜欢的人，也不是

①原文为法语，à la recherche des éléphants。——译者注

被您有责任帮助的人，而是一个您完全不喜欢的人。这没关系。您还在进行探索，对于未知的探索。您用自己的方式，这个方式就是通过大象。大象们会记得。一路顺风[①]。”波洛说。

“抱歉，请你再说一遍。”奥利弗夫人说。

“我正在送您踏上探索的旅程，”波洛说，“一次寻找大象的旅程。”

“我想我是疯了。”奥利弗夫人难过地说。她又用手指拨弄了一下头发，这让她看起来很像旧画册中的蓬蓬头彼得[②]。“我本来正想要开始写一个关于金毛寻回犬的故事，但是并不太顺利。我没法开头，你懂吗。”

“好了，放弃金毛寻回犬，专心去弄大象的事吧。”

---

①原文为法语，Bon voyage。——译者注

②原名 Der Struwwelpeter，中译名为蓬蓬头彼得，作者海因里希·霍夫曼，是一本德国家喻户晓的儿童图画书。——译者注

第一部分　大象的证词

第三章　艾丽斯姨妈指点迷津

“利文斯通小姐，你能帮我找找我的通讯录吗？”

“在您的桌子上，奥利弗夫人，在左边的角落里。”

“我不是说那本，”奥利弗夫人说，“那是我现在正在用的。我说的是之前的那本。我去年在用的那本，或者是再之前的一本。”

“也许已经被扔掉了？”利文斯通小姐说。

“不会的，我不会扔掉通讯录之类的东西，因为经常要用到。我是指一些没有抄进新通讯录的地址。我估计放在高脚柜的某个抽屉里了。”

利文斯通小姐是新来顶替塞奇威克小姐的。阿里阿德涅·奥利弗很怀念塞奇威克小姐，因为她什么都知道。她知道奥利弗夫人时常把东西随手放在哪儿，也记得奥利弗夫人把东西收在哪儿。她记得奥利弗夫人给哪些人写过友好的信，也记得奥利弗夫人给哪些令她忍无可忍的人写过相当不友好的信。她简直是无价之宝，或者说，曾经是无价之宝。“它很像——那本书叫什么来着？”奥利弗夫人回忆着，“噢，我知道了——一本棕色的大书。所有维多利亚时代[①]的人都有那么一本。那本书叫《有求必应》，你也应该对我有求必应！那本书里提到如何去掉亚麻织物上的锈渍，如何处理结块的蛋黄酱，如何为一封写给主教的非正式信件开头。很多很多内容，都在《有求必应》那本书里。”那是艾丽斯姨妈最信赖的一本书。

塞奇威克小姐以前就像艾丽斯姨妈的书一样全能，但利文斯通小姐就完全不是那么一回事了。她总是站在那儿，面如土色地耷拉着脸，试图让自己看上去很能干。她脸上的每一条线仿佛都在说：“我很能干。”但奥利弗夫人并不这样认为。利文斯通只知道她之前的作家雇主们都把东西放在哪儿，她还会自以为是地认为奥利弗夫人会把东西放在别的地方。

“我想要的，”奥利弗夫人像个被宠坏的孩子一样坚定地说，“是一九七〇年的那本通讯录，还有一九六九年的。请你尽快找出来，好吗？”

“当然，当然。”利文斯通小姐说。

利文斯通小姐一脸茫然地环视四周，就像在寻找一样她从来没有听说过的东西，希望靠一些意外的好运气找到它们。

如果不把塞奇威克找回来，我会发疯的，奥利弗夫人暗自想道。没有塞奇威克我可应付不了这些琐事。

利文斯通小姐开始逐一打开奥利弗夫人书房和写作室中的抽屉。

“这是去年的，”利文斯通小姐高兴地说，“这足够新了，不是吗？一九七一年。”

“我不要一九七一年的。”奥利弗夫人说。

①维多利亚时代，英格兰的维多利亚时代前接承治王时代，后启爱德华时代，通常被定义为一八三七年至一九〇一年，即维多利亚女王的统治时期。——译者注

她的脑海中浮现出一些模糊的想法和记忆。

“在那张茶几上找一找。”奥利弗夫人一边指着一边说道。

利文斯通小姐环顾了一下四周，看上去有些着急。

“一本案头的通讯录好像不太会出现在茶叶罐里。”利文斯通小姐说，向她的雇主指出了生活中的常识。

“不，会的。”奥利弗夫人说，“我好像记起来了。”

她把利文斯通小姐挤到一旁，向那张茶几走去，掀开茶几盖子，看到了里面那个迷人的镶嵌工艺品。“就在这儿呢。”奥利弗夫人说着，打开纸质圆形茶叶罐的盖子。这个罐子是专门用来装正山小种茶叶，而不是装印度红茶的。之后奥利弗夫人从中拿出了一本卷起来的棕色小笔记本。

“在这儿呢。”她说。

“这是一九六八年的，奥利弗夫人，是四年前的。”

“大概就是这本了。”奥利弗夫人说着，抓着笔记本回到书桌前。“就这样吧，利文斯通小姐，不过你倒可以看看能否找到我的生日书。”

“我不知道……”

“我现在不用它了，”奥利弗夫人说，“但是我以前有一本，很大的一本。我从小开始用了它很多年。我想应该在阁楼里，就是闲置的那间。有时候只有男孩子们来度假，或是那些不怎么介意的客人来访时，他们住的那个客房。那本生日书应该在床边的箱子里或写字台上。”

“好的，要我去找找看吗？”

“正是这样。”奥利弗夫人说。

待利文斯通小姐走出房间后，奥利弗夫人的心情愉快了些许。她紧紧地把门关上，走回书桌前，开始看那些字迹已褪色，还带有茶叶气息的地址。

“雷文斯克罗夫特。西莉亚·雷文斯克罗夫特。是的，西南三区，菲什艾克缪斯十四号，这是她在切尔西的地址。她那时候是住在这儿的。但在这之后她还有另一个地址，好像是基尤桥附近的格林河畔公寓。”

奥利弗夫人又翻了几页。

“是的，这好像是之后的地址。马尔代克林区。我想是要从富勒姆路下去，大概就是那里。她有电话号码吗？差不多被磨掉了，但是我想——对，我想这是对的——弗拉克斯曼……不管怎样，我要试一试。”

奥利弗夫人走向电话，这时候门被打开了。利文斯通小姐在向里面张望。

“您认为也许——”

“我找到了需要的地址，”奥利弗夫人说，“你继续去找那本生日书吧，它很重要的。”

“您认为有没有可能把它留在了西利公寓？”

“不，我不觉得，”奥利弗夫人说，“接着找吧。”

房门被关上时奥利弗夫人嘟囔着：“你爱找多久就找多久吧。”

奥利弗夫人拨了电话并等着接通，同时打开门向楼上喊道：“你可以试着找找那个西班牙箱子，就是那个表面镶了黄铜的。我忘了现在它在哪儿了，我想也许在大厅里那张桌子下面。”

奥利弗夫人的第一次拨号并不成功，接电话的人叫作史密斯·波特夫人。但她既不耐烦，又完全帮不上忙，她不知道过去曾住在那间公寓的住户现在的电话号码。

奥利弗夫人又仔细地看了一遍地址簿。她又发现了两个字迹潦草的地址，乱到盖住了其他号码，看上去好像没什么用。然而，在第三次努力下，一个难以辨认的“雷文斯克罗夫特”似乎出现在那些潦草得交叉到一起的名字缩写和地址中。

电话那边的声音承认自己认识西莉亚。

“噢，是的。她不住在这儿已经很多年了，我想我最后一次听到她消息的时候，她是在纽卡斯尔。”

“噢天哪，”奥利弗夫人说，“恐怕我没有那个地址。”

“我也没有。”那个好心的姑娘说，“我想她去那儿给一个兽医当秘书了。”

这听上去并没有什么希望。奥利弗夫人又尝试了一两次。她最近的两本地址簿中的地址都没有什么用，所以她又往回翻。当她翻到最后，也就是一本一九六七年的地址簿时，就像人们说的那样，她挖到了宝藏。

“噢，你是说西莉亚，”一个声音说，“西莉亚·雷文斯克罗夫特，是吗？还是芬奇维尔？”

奥利弗夫人及时控制住自己才没说出“不是芬奇维尔，也不是知更鸟[①]”。

那个声音说：“她是个很能干的女孩，为我工作了一年半多。是的，非常能干。如果她能在我这儿工作更长时间，我会很高兴的。我想她从这儿搬去了哈利大街的某个地方，不过我有她的新地址，我找一下。”过了好一会儿，不知姓名的夫人说道：“我找到了一个地址，看上去是在伊斯林顿的某个地方，您觉得这有可能吗？”

奥利弗夫人表示什么事都是有可能的。然后她向对方道了谢，并记下了地址。

---

①芬奇维尔英文为Finchwell，Finch指雀类，故奥利弗夫人会提到知更鸟。——译者注

“想找一个人的地址可真难。他们一般都会在寄明信片或是类似的东西给你时才把地址写上。但我总会弄丢别人的地址。”

奥利弗夫人说她在这方面也有同样的遭遇。她试着拨了伊斯林顿的电话号码，一个低沉的外国人的声音回答了她。

“你想找，是的——你说什么？是的，你找住在这里的谁？”

“西莉亚·雷文斯克罗夫特小姐？”

“噢，是的，她确实住在这儿。她的房间在二楼。她现在出去了，还没回家。”

“今晚她会回来吗？”

“我想她很快就会回来的。因为她回家换上了礼服裙，然后才出去的。”

奥利弗夫人感谢了那人提供的信息，然后挂上了电话。

“真是的，”奥利弗夫人有些恼怒地自言自语道，“姑娘们啊！”

奥利弗夫人试图回想距离上次见到她的教女西莉亚有多长时间了。一个失去联系的人，这才是所有事情的重点。她想西莉亚男朋友的母亲在伦敦，那么西莉亚的男朋友就会在伦敦，那么西莉亚现在也会在伦敦。所有的一切加在一起，噢天哪，奥利弗夫人想，这可真让我头疼。“利文斯通小姐？你怎么样了？”她转头说道。

利文斯通小姐看上去简直变了一个人，浑身沾满了蜘蛛网，衣服上全是灰尘。看起来有些生气地站在走廊里，手里拿着一摞满是灰尘的册子。

“我不知道这些东西是否对您有用，奥利弗夫人。它们看上去都很有年头了。”利文斯通小姐疑惑地说道。

“的确有年头了。”奥利弗夫人说。

“我不知道您是不是还需要我找什么东西。”

“没什么了，”奥利弗夫人说，“你把它们放在那边的沙发上吧，今晚我要看看。”

利文斯通小姐看上去仿佛更加疑惑。她说：“好的，奥利弗夫人，我想我还是先把册子上的灰尘掸掉吧。”

“那太好了。”奥利弗夫人说。她及时忍住才没有说出“行行好，把你自己也掸掸吧。你左耳上足足有六片蜘蛛网”。

她看了一眼手表，再次拨通了伊斯林顿的电话号码。这次接电话的人有纯正、清脆的盎格鲁撒克逊口音。这令奥利弗夫人感到相当舒服。

“是雷文斯克罗夫特小姐吗？西莉亚·雷文斯克罗夫特？”

“对，我是西莉亚·雷文斯克罗夫特。”

“我想你记不太清我了。我是奥利弗夫人，阿里阿德涅·奥利弗。我们已经很久没有见过面了，但我其实是你的教母。”

“是的，当然，我知道。我们确实很久没有见面了。”

“我很想知道能不能见见你，或是你能不能来看看我，或是你喜欢怎样都行。你愿意来吃顿饭或……”

“现在不行，我上班的地方不允许。但我今晚可以过去，如果您乐意的话。大概七点半或是八点。之后我还有个约会，不过……”

“如果你能来我会非常非常高兴的。”奥利弗夫人说。

“我当然会去的。”

“我把地址给你。”奥利弗夫人将地址告诉了她。

“好的，我会准时到。我很熟悉那一带。”

奥利弗夫人在便笺上写了一条笔记，然后有些恼火地看着利文斯通小姐，她刚刚走进房间，吃力地抱着一本沉重的大号册子。

“我想这有可能是您的生日书，奥利弗夫人。”

"不，这本不是，"奥利弗夫人说，"那里写的都是烹饪菜谱。"

"天哪，"利文斯通小姐说，"是这样啊。"

"好了，我可能偶尔也会翻翻看。"奥利弗夫人说着，坚定地拿开那本册子。"再去找一找。我想有可能在那个亚麻色柜子里，在洗手间的隔壁。你最好看看柜子顶层浴巾的上面。我有时候确实会放些报纸和书在那儿。等一下，我自己上去找吧。"

十分钟后，奥利弗夫人翻到了一本已经褪色的大册子。利文斯通小姐站在门边，看上去已经快要崩溃了。奥利弗夫人不想再看到她受这种折磨，说道：

"这儿可以了。你可以去看看餐厅里的桌子，那张旧桌子。就是那张有点破损了的。看看能不能在那儿找到别的地址簿，特别是早年的那些。任何十年前的东西都值得看看。然后，"奥利弗夫人说，"我想今天我应该不需要别的东西了。"

利文斯通小姐离开了。

"我想知道，让她这样离开，"奥利弗夫人一边坐下，一边深深地叹了一口气，她翻看着那本生日书，"谁会更高兴呢？是她还是我。西莉亚来过以后，我晚上一定会很忙碌。"

她从书桌旁的小边几上的书堆中拿起一本新的笔记本，写下各种日期、可能有用的地址和名字，并从电话簿中查了几个条目，然后开始给赫尔克里·波洛先生打电话。

"是你吗？波洛先生。"

"是的，夫人，正是我。"

"你有做些什么吗？"奥利弗夫人问。

"请您再说一遍——我做了什么？"

"任何事情，"奥利弗夫人说，"昨天我问你的事。"

“哦，当然，我已经开始行动了。我安排了一些调查计划。”

“但是你还没有去做。”奥利弗夫人说，她一向认为男人做事效率不高。

“您呢，亲爱的夫人？”

“我一直非常忙。”奥利弗夫人说。

“是吗！您在忙些什么呢，夫人？”

“搜集大象。”奥利弗夫人说，“你懂的。”

“是的，我想我能懂您的意思。”

“回头看过去的事情真的不容易。”奥利弗夫人说，“真令人惊讶，真的。当我去查找名字时，我一下子记起了那么多的人。当然也有他们写在我生日书中的傻里傻气的话。我无法想象自己在十六七岁时竟然想让别人在我的生日书上写东西。还有当年每个特殊的日子我摘抄的那些诗句，有些真是傻得可怕。”

“您的调查结果令您振奋吗？”

“不太振奋，”奥利弗夫人说，“但我仍认为我的思路是对的。我已经给我的教女打了电话。”

“这样啊，您准备见她？”

“是的，她要来见我，如果不出意外今晚七点半到八点之间。我也不知道她会不会真的出现，现在的年轻人很不可靠。”

“您给她打电话时她听起来高兴吗？”

“我不知道，”奥利弗夫人说，“不是特别高兴。她的声音很尖，还有——我现在记起来了，我最后一次见她是在六年前，我当时觉得她挺令人害怕的。”

“令人害怕？您指哪一方面？”

“我的意思是，比起我欺负她来，她更有可能欺负我。”

“这可能反而是件好事。”

“是吗，你这么认为吗？”

“如果人们已经打定了主意不想喜欢你，或是他们已经确定他们根本就不喜欢你，他们会希望你意识到这件事，因为在这个过程中他们会得到更多的快感。与表现得亲和友好相比，这种不友善的表现反而会使他们向你透露出更多的信息。”

“你是指拍我的马屁吗？是的，我想你说到点上了。你是说，那样的话他们就会告诉你一些他们认为你想听的事。但另一种情况是，他们会跟你说些会让你不悦的事。我想知道西莉亚是不是这样的人。我印象最深的是她五岁时有个保姆，她常常把靴子扔到她身上。”

“是保姆把靴子扔到孩子身上，还是孩子把靴子扔到保姆身上？”

“当然是孩子把靴子扔到保姆身上！”奥利弗夫人说。

奥利弗夫人把听筒放好，走到沙发边，开始翻阅堆积如山的回忆。她低声嘟囔着一些名字。

“玛丽安娜·约瑟芬·庞塔利尔——是的，我好些年没有想起她了——我想她已经不在人世了。安娜·布雷斯比——是的，是的，她住在那儿——我想知道现在——”

她继续看着，不知不觉中时间就过去了——突然响起的门铃声让她大吃一惊。她亲自去开了门。

第四章　西莉亚

一个高个子姑娘站在门外的地垫上。奥利弗夫人震惊地盯着她看了一阵，这就是西莉亚。她给奥利弗夫人留下了非常深刻的印象。奥利弗夫人产生了一种人们不经常会有的奇特感觉。

奥利弗夫人想，站在这里的这个姑娘一定意味着什么。也许她冲动好斗，也许她很难对付，也许她还是个危险人物。但她是个有生活目标的姑娘，可惜却被迫身陷暴力事件中。又或许她是自愿卷入暴力事件的。很有意思，这一定很有意思。

“进来吧，西莉亚。”奥利弗夫人说，“好长时间没见到你了。我记得上一次见你还是在一场婚礼上，你当时是伴娘。我记得你穿着杏色的雪纺裙，还有一大束——我记不得那是什么花了，看上去像是黄菊花。”

“可能是黄菊花，”西莉亚·雷文斯克罗夫特说，“因为花粉过敏，我们一直在打喷嚏。那场婚礼简直是场灾难。玛莎·莱格霍恩，对吗？那是我见过最丑的伴娘裙，当然也是我穿过的最丑的。”

“是的，那条裙子穿在谁身上都不好看。要我说的话，你穿着比大多数人都好看。”

“您这么说真是太好了。”西莉亚说，“我总觉得丑极了。”

奥利弗夫人请西莉亚坐在椅子上，然后摆弄起几个玻璃酒瓶。

“雪莉酒还是别的什么？”

“我喜欢雪莉酒。”

“给。我猜这对你来说有些奇怪，”奥利弗夫人说，“我突然这样给你打电话。”

“噢，不，我不觉得这有什么特别奇怪的。”

“恐怕我不是个认真尽责的教母。”

“您没必要认真，我都这么大了。”

“你说得对。”奥利弗夫人说，“人会觉得自己的责任在某个特定的时候就结束了。我自己并没有真正履行我的责任。我记得我没有去参加你的坚信礼[①]。”

“我相信教母的责任就是让我学习教义，不是吗？保护我免受恶魔的影响。”西莉亚说，嘴角浮起一丝俏皮的微笑。

奥利弗夫人想，她还是那么友善，可是在某些方面她也是一个很危险的姑娘。

“好吧，我告诉你我为什么要找你。”奥利弗夫人说，“整件事还挺奇怪的。我并不经常去参加文学宴会，但前天我去了。”

“是的，我知道，”西莉亚说，“我在报纸上看到这件事的消息，还看到了您的名字，阿里阿德涅·奥利弗夫人。我当时还很纳闷，因为我知道您通常不会去参加那种活动。”

---

①坚信礼，又称坚振圣事、按手礼，是基督宗教的礼仪，象征人通过洗礼与上主建立的关系获得巩固，七岁至十几岁间接受该礼。——译者注

"是的，"奥利弗夫人说，"我倒希望自己没去那个宴会。"

"您玩得不尽兴吗？"

"不，从某些方面来说我很尽兴，因为我以前从来没参加过这种活动。是这样——嗯，第一次参加总有一些让你开心的事情。但是，"她又说，"通常也会有些让你不开心的事。"

"宴会上发生了一些令您不愉快的事吗？"

"对。而且这件事以一种奇怪的方式牵涉到了你。我想……嗯，我想我有必要把这件事告诉你。因为我不喜欢这件事，一点也不喜欢。"

"听上去有点意思。"西莉亚说道，呷了一口雪莉酒。

"在那儿有个女人来跟我说话。我不认识她，她也不认识我。"

"我想这种事经常发生在您身上吧。"西莉亚说。

"是的，总是这样。"奥利弗夫人说，"这是文人生活的一种——危害。人们总是走过来对你说'我太喜欢您的书了，能见到您真高兴'之类的话。"

"我曾经给一位作家当过秘书，我很清楚这种事有多难应付。"

"是的，其实这次也有些相似。对于奉承话我是有所准备的，但那个女人走过来对我说'我相信您有个叫西莉亚·雷文斯克罗夫特的教女'"。

"嗯，那真是有点奇怪了。"西莉亚说，"直接走过来跟您说这样的话。我觉得她至少应该逐步引出这个话题。她应该先聊聊您的书，说说自己有多喜欢您最近出版的那本，诸如此类的。然后再把话题转移到我身上。她说了什么针对我的话吗？"

"据我所知她没有什么针对你的消息。"奥利弗夫人说。

"她是我的朋友吗？"

"我不知道。"奥利弗夫人说。

一阵沉默。西莉亚又喝了几口雪莉酒，带着一种探寻的目光看着奥利弗夫人。

“您知道吗，”她说，“您勾起了我的好奇心，我想不出来您接下来要说些什么。”

“好吧，”奥利弗夫人说，“我希望你不要生气。”

“我为什么会生气？”

“因为我将要告诉你一些事情，或是重新提起一些事情。也许你会说这不关我的事，或者我应该保持沉默，不再提起它。”

“您真的勾起了我的好奇心。”西莉亚说。

“那个女人告诉了我她的名字，她叫伯顿－考克斯夫人。”

“噢！”西莉亚的这声“噢”很不同寻常。“噢。”

“你认识她？”

“是的，我认识她。”西莉亚说。

“嗯，我想你一定是因为——”

“因为什么？”

“因为她说的一些事情。”

“什么——关于我的？她认识我？”

“她说她的儿子可能要和你结婚。”

西莉亚的表情变了，她的眉毛扬起又落下。她牢牢地盯着奥利弗夫人。

“您想知道那是不是真的？”

“不。”奥利弗夫人说，“我并不是特别想知道。我提到这件事仅仅是因为那是她对我说的第一件事。她说因为你是我的教女，所以我也许能够向你求证一些信息。我想她的意思是，如果我问到了那个信息，我就可以告诉她。”

“什么信息？”

“嗯，我想你不会喜欢我接下来要讲的事情。”奥利弗夫人说，“我自己都不喜欢。实际上，它令我感觉浑身上下都不自在，因为我认为这很——嗯，非常无礼。一点也不礼貌，绝对不可原谅。她问我，‘你能弄清楚究竟是她的父亲杀了她的母亲，还是她的母亲杀了她的父亲吗？’”

“她对您说了这话？让您去弄清这件事？”

“是的。”

“而且她不认识您？我的意思是，除了知道您是位女作家以及您参加了那天的宴会？”

“她根本不认识我。她从来没见过我，我也从来没见过她。”

“您不觉得这很不同寻常吗？”

“我不知道我当时有没有觉得她说的话不同寻常。她完全让我震惊了。”奥利弗夫人说，“如果我能这么说，她可真是个特别可恶的女人。”

“是的，她确实是个特别可恶的女人。”

“但是你要嫁给她的儿子？”

“嗯，我们考虑过这个问题。您知道她对您说的这件事吗？”

“我知道。我想任何了解你家的人都会知道。”

“那就是了。我的父亲在他从军队退役后，和我的母亲一起在乡下买了一幢房子。有一天他们一起出去沿着悬崖散步，然后他们就被发现双双死于枪杀。地上还有一把左轮手枪，是我父亲的。好像我父亲有两把左轮手枪放在家里。最终也没有定论，究竟那是双双自杀的约定，还是父亲射杀了母亲后自杀，又或是母亲射杀了父亲后自杀。但是您应该已经知道这些事了。”

“我是当时看到铺天盖地的报道才知道的。”奥利弗夫人说，“我想那大约发生在十二年前。”

“差不多，是的。”

“你当时十二三岁。”

“是的……”

“我知道的并不多，”奥利弗夫人说，“当时我甚至都不在英格兰。那时我在美国进行巡讲，只是在报纸上读到这件事。报纸上关于这件事的篇幅很大，因为很难了解事情的真相——好像并没有任何的动机。你的父母一直都是幸福的一对，关系一直很融洽。我记得报纸上提到了这一点。我当时很感兴趣是因为我年轻时就认识他们了，特别是你母亲。我和她是同学。毕业之后我们便各奔东西。我结婚后去了别的地方，她也在结婚后和自己的军人丈夫一起出了国。我记得好像是马来亚或者类似的地方。她让我做她一个孩子的教母，那孩子就是你。自从你的父母住在国外后，我有很多年都没见过他们。我倒是时不时会见到你。”

“是的。我记得您过去常常去学校接我出去吃饭。您带我吃了很多好吃的，那些食物真是美味呀。”

“你是个不寻常的孩子，那时你喜欢鱼子酱。”

“我现在也还喜欢，”西莉亚说，“但现在很少有人请我吃鱼子酱了。”

“读到报纸上关于那件事的消息时，我很震惊。但报纸上透露的信息很少。通过我看到的信息，我想那件事还没有定论。没有特别的动机，没有任何征兆，没有争执的迹象，也没有受到外来者袭击的痕迹。我非常震惊。”奥利弗夫人说，“然后我就把它忘了。我想过一两次究竟是什么原因导致了那件事，但我当时并不在国内——就像我刚刚提过的，我那时正在美国巡讲。就这样，整件事从我脑海中消失了。我再次见到你已经是几年后了，很自然地我没有对你提起它。”

“您并没有，”西莉亚说，“我很感激。”

“在人的一生中，”奥利弗夫人说，“总会遇到一些发生在自己亲朋好友身上的奇怪事。当然，发生在朋友身上的事，你经常会想到一些起因——不论发生的事是什么。但是如果你已经很久没有和他们联系，或是很久没有人谈论他们，你就什么都不知道了。你也不能向别人表现出对这件事的过分好奇。”

“您一直以来都对我很好，”西莉亚说，“您送了我很多漂亮的礼物。我记得我二十一岁时您送了我一件特别好的礼物。”

“那正是姑娘们手头需要有一些额外现金的时候。”奥利弗夫人说，“因为那时候你们有很多想要做的事情和想要买的东西。”

“是的，我一直认为您是个善解人意的人，而不是——您知道有些人是什么样的，他们总在质疑别人，不停地问你各种事情，想知道关于你的一切。您从不问问题。您过去常常带我去看表演，或是带我去吃好吃的。您还会跟我正常地聊天，就像一切都还很好。可您只是我们家的一位朋友。我很感激您做的一切。在我的一生中碰到了太多爱管闲事的人了。”

“是的，每个人迟早都会碰到这样的人，”奥利弗夫人说，“但是你看，现在最让我心烦的是这次聚会上发生的事。伯顿－考克斯夫人，一个完全陌生的人让我去做这样一件不同寻常的事。我无法想象为什么她想要知道这些。这根本不关她的事，除非——”

“您是想，除非这跟我和德斯蒙德结婚的事有关。德斯蒙德是她的儿子。”

“是的，我想有可能是这样，但是我还是不明白这究竟跟她有什么关系。”

“所有事情都跟她有关系，她很爱管闲事——事实上她就是您说的那样，一个可恶的女人。”

“但我猜德斯蒙德并不可恶。”

“不，不。我很喜欢德斯蒙德，他也很喜欢我。我只是不喜欢他母亲。”

“那他喜欢他母亲吗？”

“我真的不知道，”西莉亚说，“我猜他应该喜欢——一切皆有可能，对吗？不管怎么说，我现在还不想结婚，还没有这个打算。而且有很多的——嗯，困难，您知道，有人赞成，也有人反对。这一定让您觉得好奇。我是说，为什么多管闲事的考克斯夫人会试图让您从我这套出一些信息，然后还想让您跑去告诉她——顺便问一下，您是要问我那个问题吗？”

“你是说，我是不是要问，你是否认为或知道究竟是你母亲杀了你父亲，还是你父亲杀了你母亲，又或者他们双双自杀。你是这个意思吗？”

“嗯，从某个方面来说，是的。但是如果您真的想要问我那个问题的话，我想我也必须先问您一个问题。假如您从我这得到了什么消息，您是否会把这个消息告诉伯顿－考克斯夫人？”

“不会。”奥利弗夫人说，“绝对不会。我想都没想过要告诉那个可恶的女人任何与那件事相关的事情。我会坚定地告诉她，这既不关她的事，也不关我的事。还有，我根本没打算把从你这儿得到的消息透露给她。”

“嗯，我想也是这样。”西莉亚说，“我想我对您的信任可以到达那样的程度。我不介意告诉您我所知道的一切，比如那件事。”

“你不需要这样做，我并没有要求你这样做。”

“是的，我很清楚这一点。但我还是会给您一个答案。答案就是——什么都不是。”

“什么都不是。”奥利弗夫人若有所思地说。

“是的。我当时并不在那里。我是说，我当时并不在那幢房子里。我现在记不太清当时我在哪儿了。我想是在瑞士上学，或者正在放假，住在一个朋友家。您看，现在我的脑子里也是一团糟。”

“我猜，”奥利弗夫人怀疑地说，“你也不太可能知道。那时你才多大呀。”

“我很感兴趣。”西莉亚说，“我想知道您是怎么想的。您觉得我很有可能知道一切？或是什么也不知道？”

“嗯，你说当时你并不在那幢房子里。如果当时你在，那么是的，我想你很可能会知道些什么。小孩子总会知道些什么，尤其是十几岁的青少年。那个年龄的人知道很多东西，也看过很多东西，但他们不会轻易地说出来。他们确实知道很多外界不知道的事，也的确知道一些不愿意告诉警方的事。”

“您这样想很合理。但我不知道。我什么情况也不了解。警方是什么观点？我希望您不会介意我问这个，因为我应该对那件事感兴趣。您知道，我从来没看过当时任何调查或问询记录。”

“我想警方认为他们两人都是自杀的，但我认为他们一点支持这种说法的证据都没有。”

“您想知道我是怎么想的吗？”

“不，如果你不想让我知道的话。”奥利弗夫人说。

“但我想您很感兴趣。毕竟您写的犯罪故事都是关于人们自杀或是杀死别人的，或是有些人因为一些原因去杀人。我认为您会感兴趣的。”

“是的，这点我承认。”奥利弗夫人说，“但我绝不想为了跟我毫无关系的事情冒犯你。”

“嗯，我会想，”西莉亚说，“我时不时会想，究竟是因为什么？究竟是如何发生的？但是我知道的事情很少。我是说，关于家里发生的事。那件事发生之前的假期我就去瑞士交换学习了，所以那时我已经有一阵子没有见过父母了。我的意思是，父母来过瑞士一两次，带我到学校外面转转。他们看起来和往常一样，但显得苍老了些。我想我父亲那时可能生病了，看上去很虚弱。不知道是心脏还是别的地方的问题。对于这种事，人们一般不愿意多想。我母亲看上去紧张不安。她对自己的健康状况也很焦虑，但还没有严重到疑病症的程度。他们相处得很好，对彼此很友善。我没有注意到什么特别的事。只是有时候我会，我会有种感觉。我感觉他们好得不太真实，或是没必要这么好，我只是在想如果——”

“我认为我们不应该继续谈下去了。”奥利弗夫人说，“我们没必要知道或是找出真相。整件事已经过去了。最终定论也挺让人满意的。看不出杀人手法，没发现动机或别的什么。但毋庸置疑的是，要不就是你父亲故意杀死了你母亲，要不就是你母亲故意杀死了你父亲。”

“如果让我选择哪种情况更有可能发生的话，”西莉亚说，“我会认为是我父亲先杀死了我母亲。因为，您看，我觉得男人开枪杀人更自然些，无论出于什么理由。我不认为一个女人，或是一个像我母亲那样的女人会开枪杀死我父亲。如果她想让他死，我认为她会选择别的方法。但是我并不认为他们俩想让对方死。”

“所以可能是外人干的。”

“是的。但您说的外人是指？”西莉亚说。

“当时还有什么别的人住在那幢房子里？”

“一个年老的管家，又瞎又聋。还有一个外国女孩，她帮我们做家务，我们给她提供食宿。她给我当过一段时间的家庭教师，她为人好极了，还在我母亲住院时回来照顾她。还有我的姨妈，我从来都没喜欢过她。我不认为他们中的任何人会对我父母怀恨在心。没有人能从他们的死亡中获益，除了我和比我小四岁的弟弟爱德华。我们继承了他们留下来的钱，但那笔钱并没有多少。当然，我父亲有他的养老金，我母亲也有一笔她自己的小收入。不，这些都跟他们的死没什么关系。”

“我很抱歉，”奥利弗夫人说，“很抱歉我问了这些让你难过的事。”

“您没让我难过。您只是让我回忆起了这些事情，而且我本来对这些事也很感兴趣。因为，您看，我已经长大了，我倒希望自己知道些什么。我了解并爱着我的父母，并不是那种充满激情的热爱，就是普通人对父母的爱。但是后来我意识到，我根本不了解他们到底是什么样的人，他们的生活是怎样的，他们看重什么样的事。我对这些一无所知。我真的希望我知道些什么。这就像根刺一样，刺进身体里，我没法不去管它。所以，是的，我想知道。因为知道之后我就不用再去想它了。”

“所以你会想那件事？”

西莉亚看了奥利弗夫人一会儿，似乎在试图做出决定。

“是的，”她说，“我几乎每时每刻都在想那件事。我想得都快魔怔了，如果您明白我的意思。德斯蒙德也感觉到了。”

第五章　旧罪的阴影

赫尔克里·波洛走进旋转门，又推开一扇门，走进了小餐馆。这时并不是吃饭的时间，餐馆里没有多少人。他很快就看到了他要见的人，大块头斯彭斯警长随即从角落的桌子旁站了起来。

“好极了，”斯彭斯警长说，“你来了。这里不难找吧？”

“一点也不难找，你指的路线非常准确。”

“我介绍一下。这位是加洛韦总警长，这位是赫尔克里·波洛先生。”

加洛韦又瘦又高，脸很长，一脸清心寡欲的表情。灰色的头发像是秃了一小圈，看上去与牧师有几分相似。

“这太好了。”波洛说道。

“我已经退休了，”加洛韦说，“但我还记得那件案子。是的，尽管事情已经过去很久了，一般人可能已经忘记了，但我还是记得。”

赫尔克里·波洛差点说出“大象确实记得”，但他及时反应了过来。这句话在他的脑海中已经和阿里阿德涅·奥利弗夫人牢牢地联系在了一起，以至于他在很多不合适的场合都差点脱口而出。

“真是让你久等了。”斯彭斯警长对加洛韦说。

斯彭斯警长拉出一把椅子，三个男人坐了下来。服务员拿来了菜单。斯彭斯警长显然经常来这家餐馆，他给了波洛和加洛韦一些点餐的建议。加洛韦和波洛各自点了菜。然后他们靠着椅子，一边呷着雪莉酒，一边注视着对方。几分钟之后才有人打破沉默。

“我必须要向您道歉，”波洛说，“特地让您跑一趟，只因为我想向您打听一件已经了结的案子。”

“让我感到好奇的是，”斯彭斯说，“你究竟对什么事这么好奇。你并不是那种对过去的事刨根问底的人。这件事是跟最近发生的什么事有关吗？还是你突然对一件也许无法解释的案子产生了好奇？你同意我的说法吗？”

斯彭斯望向桌子对面。

“加洛韦那时还是个督查，”他说，“负责调查雷文斯克罗夫特枪杀案。他是我的老朋友，所以我联系到他一点也不难。”

“您人真好，今天能特地来这里，”波洛对加洛韦说，“只是为了一件我很好奇但我肯定无权打听的案子，它已经过去很久而且已经结案了。”

“我倒不这么想，”加洛韦说，“我们都会对过去发生的某些特别案件感兴趣。莉齐·博登真的用一把斧子杀死了她的父母吗？现在仍然有些人不这么认为。是谁杀了查尔斯·布拉沃，又是为什么？有好几种不同的说法，大多数都没什么根据。但是人们仍然试着找出其他的解释。”

加洛韦用他那敏锐而精明的眼睛看着波洛。

“波洛先生，如果我没搞错的话，您偶尔会有一种调查过去凶杀案的冲动，这种情况已经有两三次了吧。”

“当然，有三次了。”斯彭斯警长说，“我应该不会记错，有一次是受一个加拿大女孩所托。”

“不错，”波洛说，“一个热情又坚强的加拿大女孩。她来这里是为了调查她母亲被指控谋杀并被判死刑的案子。尽管她母亲在行刑前就死了，但那女孩坚信她母亲是无辜的。”

“您同意她的想法？”加洛韦说。

“最初她告诉我这件事时，我并没有同意，”波洛说，“但她非常确定。”

“女儿总是希望母亲是无辜的，并且会想方设法推翻一切指控，这很自然。”斯彭斯说。

“不止这些，”波洛说，“她向我证明了她的母亲是哪种人。”

“那种不可能谋杀别人的女人吗？”

“不是。”波洛说，“我想你们一定也会同意，如果你知道他们是什么样的人、是什么原因导致了一切之后，就很难认为他们无法谋杀别人了。但是在这件案子中，那个母亲从来没有为自己的无辜进行申诉。她好像对于死刑很情愿。这件事情一开始就很奇怪。她是个悲观主义者吗？看起来并不是。因为当我开始询问她时，我明显感觉到她并不是悲观主义者。可以说，她恰恰相反。”

加洛韦看起来很有兴致。他倾过身，从桌上撕了一块面包放在盘子上。

“她是无辜的吗？”

“没错，”波洛说，“她是无辜的。”

“这让你感到惊讶吗？”

“我意识到这点时并没有感觉惊讶。”波洛说，“有一两件事——特别是有一件事——证明了她不可能有罪。一个当时没有人注意到的事实。这么说吧，一个人只需要在看别的地方时顺便看看菜单上的东西就好了[①]。"

这时，服务员把烤鳟鱼送到了他们面前。

"还有另一个案子，也是调查过去的事，但不太一样。"斯彭斯接着说道，"一个女孩说她在一次聚会上目睹了一起谋杀[②]。"

"是的，有那么回事。我们需要——我该怎么说呢——退后一步看事情，而不是前进一步。"波洛说，"是的，很对。"

"那个女孩真的目睹了谋杀吗？"

"没有，"波洛说，"她没看见。这鳟鱼真不错。"波洛称赞道。

"这儿的鱼一向做得不错。"斯彭斯警长说。

他给自己倒了些调味酱，说："还有最棒的调味酱！"

此后的三分钟，三人都在安静地享受食物。

"斯彭斯来找我的时候，"加洛韦说，"问我是否还记得雷文斯克罗夫特一案，我当时一下就被激起了兴趣。"

"您还没忘记那件案子？"

"没有，雷文斯克罗夫特那件案子没那么容易忘记。"

"您是同意那件案子还有疑点吗？"波洛说，"是缺乏证据，还是有别的解释？"

"并不是那样的。"加洛韦说，"所有证据都记录了肉眼可见的事实。过去也有几起类似的死亡事件，是的，一切都正常。但是——"

"但是？"波洛问。

---

①出自《五只小猪》。波洛受到一位年轻姑娘的委托，调查其父埃米亚斯·克雷尔在十六年前被毒死的疑案，当年其母被当成嫌疑犯后死在狱中，但是留下信件坚称自己是无辜的。波洛通过缜密的调查，最终锁定了五名嫌疑人，五个人各有杀人动机。——译者注

②出自《万圣节前夜的谋杀》。在万圣节前夜的晚会上，一个十三岁的虚荣女孩乔伊斯吹嘘说她曾经亲眼看见过一起谋杀，但没有人相信她。几小时后，在那栋房子里发现了她的尸体，被溺死在咬苹果游戏的水桶里了。当天晚上，赫尔克里·波洛被请来找出"幕后黑手"。——译者注

“但是一切又都不对劲儿。”加洛韦说。

“是这样啊。”斯彭斯说，看起来兴致勃勃。

“你以前也有过这样的感觉，是吗？”波洛转向斯彭斯说道。

“是的，在清洁女工谋杀案[①]中。”

“你当时并不满意，”波洛说，“尽管你抓到了那个特别难缠的年轻人。他有充分的作案动机，而且看上去就像是凶手。每个人都觉得是他干的，但是你知道凶手并不是他。你当时非常肯定地来找我，让我一起去调查。”

“我当时就是想看看你能不能帮上忙——你还真的帮了我，对吗？”斯彭斯说。

波洛叹了一口气：“是的，那次很幸运。但那家伙可真是个讨人厌的年轻人。假如他被判绞刑的话，不是因为他杀了人，而是因为他不让别人帮助来证明他是无辜的。现在我们来看看雷文斯克罗夫特这件案子吧。加洛韦总警长，您说有些地方不对劲儿？”

“是的，我非常肯定，如果你明白我的意思。”加洛韦说道。

“我明白，斯彭斯也明白。”波洛说，“有时候是会遇上这样的事。有证据，有动机，有作案时间，有线索，有背景原因[②]。就像一张完整的蓝图一样。但是尽管如此，那些专业的侦探人员却知道这全都是错的。就像艺术评论家能看出一幅画全错了一样，艺术评论家们总能看出画是真品还是赝品。”

“当时我也对雷文斯克罗夫特枪杀案一筹莫展。”加洛韦说，“我

---

①出自《清洁女工之死》。一个缺少良好教育、靠出租房屋与给人做些杂活零工为生的老妇人，被人用锐器砸了一下后脑勺而毙命。凶手很快被逮捕归案，但办案的斯彭斯警监却不满意，他认为尽管所有的证据都指向凶手，但此人却不具备凶手的特征。为此，他请求波洛去找出真相。——译者注

②原文为法语，mise-en-scène。——译者注

进行了全方位的调查，探访了许多人，但没有任何结果。那件案子看起来就像是一起自杀约定，它有自杀约定的所有迹象。当然，也有可能是丈夫先射杀了妻子然后自杀，或是妻子射杀了丈夫然后自杀。这三种情况都有可能。一般情况下，警察都能知道哪种情况真的发生了。但在大多数情况下，警察都要有一些证据证明他们的作案动机。”

“这件案子里没有任何证据证明作案动机，对吗？”波洛说。

“是的。你看，当你接手一件案子并开始调查相关的人和事时，你会对他们的生活状况有个清晰的描绘。这件案子中，死者是一对上了年纪的夫妇。丈夫有着良好的记录，妻子热情、和蔼，夫妇两人关系很融洽。这些都是我很快就发现的。他们幸福地住在一起，晚上一起散步，一起玩扑克。孩子们也让人省心。儿子在英格兰上学，女儿在瑞士上寄宿学校。就常人来看，他们的生活没有什么不正常的。从搜集到的医疗证明来看，他们的身体也没有什么大的问题。丈夫犯过一次高血压，但通过吃药稳定了下来。妻子有轻度的耳聋，还有轻微的心脏病，但都不值得担心。当然有可能，这种事也经常发生，他们其中一个人对他们的健康状况感到恐惧。有很多身体健康的人偏要认为自己得了癌症，还很确定自己活不了几年了。有时候这样的原因会导致自杀。但是雷文斯克罗夫特夫妇不像这样的人。他们看起来心态平和。”

“那您到底是怎么想的？”波洛问。

“问题就在于我想不出来。根据以往经验，我告诉自己这是一起自杀案件。它只可能是自杀案件。因为某些原因，他们决定不再忍受生活。而这个原因不是经济问题，不是健康问题，也不是情绪问题。你看，到这儿我就没法再进一步推理下去了。这件案子有自杀的所有迹象，我不知道除了自杀还有什么别的解释。他们出门散步，带了一把左轮手枪。他们死后，左轮手枪放在两具尸体之间。手枪上有两人模糊的指纹，事实上两人都拿过枪，但没法证明谁先开的枪。人们会倾向于认为丈夫先杀了妻子再自杀，但这也只是因为这看起来更有可能。但是，为什么？很多年过去了，每当我看到些什么，每当我在报纸上看到一对夫妇的尸体在某处被发现，自杀迹象明显，我就会想，雷文斯克罗夫特案子中究竟发生了什么。十二年或者十四年过去了，我仍然记得那件案子。我总是在想一个问题，为什么——为什么——为什么？那位妻子真的因为憎恨丈夫所以想要除掉他吗？他们互相憎恨到忍无可忍的地步了吗？”

加洛韦撕下另一块面包，放进嘴里嚼了起来。

“您有些什么想法吗，波洛先生？是不是有人来找你，还告诉了你一些事，从而激起了你对这件事的兴趣？你是不是知道了一些事情可以解释‘为什么’了？”

“不，我也和您一样。”波洛说，“您一定有自己的推断。请说说看，您的推断是什么。”

“当然了，你说得没错。人们确实都有自己的推断，并且期待这些推断中至少有一种能解释一切。但实际并不总能如愿的。我想我的推断已经无法进行下去了，因为我找不到原因，也因为我知道的还不够多。关于他们，我知道些什么呢？雷文斯克罗夫特将军年近六十，他的妻子三十五岁。严格说来，我所知道的关于他们的事情都发生在他们死前的最后五六年。将军退休了，靠退休金生活。他们从国外回到英格兰。我所知道的所有证据和信息都发生在一段很短的时间段里。这期间他们从伯恩茅斯搬到了惨剧发生的地方。他们过着平静、快乐的生活。孩子们在假期也会回家住。我得说，那是一段平静的时光，但那些事就发生在这样平静生活的最后阶段。我知道将军退休后他们在英格兰的生活状况和家庭状况。没有金钱上的动机，没有仇恨的动机，没有情感纠葛，也没有第三者插足。什么都没有。但是对于那之前的一大段时间，我知道些什么呢？我只知道他们大部分时间都在国外生活，偶尔回家。丈夫为人的口碑很好，妻子的朋友们回忆起的也都是对她大加赞许的事情。据我所知，也没有发生过任何严重的冲突或是争吵。有那么二三十年，从他们的童年到结婚，他们生活在马来亚和其他地方。也许这起惨案的根源在那里。我奶奶以前总是重复同一句谚语：旧时的罪孽有着长长的阴影呢。他们的死因会不会是某个长长的阴影？来自过去的阴影？这就不太容易找出来了。你可以找出一个人的记录，了解他的朋友和熟人对他的评价，但是你不知道进一步的细节。我想我的推断一点一点地在头脑中形成了——如果要调查的话，应该去找他们曾经生活过的国外。也许一些事是在国外发生的，一些人们以为已经被遗忘或者消失的事。或许依然。无人知晓的早年恨意，也许是在英格兰以外的地方发生的。如果知道该去哪儿调查就好了。”

“您的意思是，人们估计都不记得了。”波洛说，“我是说，现在他们估计不记得了。也许以前发生过一些事情，他们在英格兰的朋友都不知道。”

“他们在英格兰的朋友基本都是将军退休后结交的，尽管也有些老朋友偶尔来看望他们。但是，人们没有听说过过去发生的事，因为那些事已经被人们忘记。”

“是的，”波洛若有所思地说，“人们会忘记。”

“人不像大象。”加洛韦警监笑着说，“人们总说，大象能记住一切。”

“您这么说太奇怪了。”波洛说。

“是我说的长长的阴影吗？”

“那个倒不奇怪，您刚才提起大象倒让我很感兴趣。”

加洛韦略显吃惊地看着波洛，似乎在等着他说些什么。斯彭斯也快速地瞥了老朋友一眼。

斯彭斯说：“也许是在东方发生过什么事吧，我是说——大象都是从那里来的，对吗？或者是非洲。不管怎样，谁跟你提起过大象的事呀？”

“我的一个朋友刚好提到过大象，”波洛对斯彭斯警长说，“你也认识她，是奥利弗夫人。”

“噢，阿里阿德涅·奥利弗夫人。这样啊！”他停了下来。

“怎么了？”波洛说。

“她知道些什么吗？”斯彭斯问。

“我不认为她现在知道什么，”波洛说，“但是她很可能在不久之后就会知道。”他若有所思地加上一句：“她是那种会到处找线索的人，如果你明白我的意思的话。”

“是的，”斯彭斯问，“是的。她有什么想法吗？”

“你们指的是阿里阿德涅·奥利弗夫人吗？那位作家？”加洛韦饶有兴致地问道。

“就是她。”斯彭斯说。

“她是不是知道很多关于犯罪的事？我知道她写侦探小说，但我从来都不知道她的那些想法都是从哪儿来的。”

“她的想法，”波洛说，“是从她的脑子里来的。她的事实——这就有点难说了。”他停顿了一会儿。

“你在想什么呢，波洛，有什么特别的事吗？”

“是的，”波洛说，“我曾经毁了她的一个故事，至少她是这么告诉我的。她刚好想到了一个关于某个事实的绝妙想法，一些关于长袖羊毛背心的事。那时我刚好给她打电话问些别的什么事，这一来就把她的绝妙想法挤出了她的脑海。她为我打断她构思这件事一直在责备我。”

“天啊，”斯彭斯说，“听起来就像大热天欧芹掉进了黄油里，你知道的。或者像歇洛克 · 福尔摩斯和他那条晚上从不干活的狗。”

“他们有狗吗？”波洛问。

“您再说一遍？”

“我说他们有狗吗？雷文斯克罗夫特夫妇。他们被射杀那天有没有带狗去散步？”

“是的，他们有条狗。”加洛韦说，“我想他们大多数时间都会带着狗去散步。”

“如果这是奥利弗夫人写的故事，”斯彭斯说，“你一定会发现这条狗在两具尸体边狂吠。但事实并不是这样。”

加洛韦摇了摇头。

“我想知道那条狗现在在哪儿？”波洛说。

“我想是被埋在什么人的花园里了吧。”加洛韦说，“毕竟已经是十四年前的事了。”

“所以我们没法去问那条狗了？”波洛说。接着他又若有所思地说：“真是遗憾。你知道，那条狗可能知道些什么令人惊讶的事。还有谁在那幢房子里呢？我是说案发当天。”

“我给你带了一份名单，”加洛韦说，“以便您能查询。惠特克夫人——年老的厨师兼管家。那天她出门了，所以我们从她那儿得不到什么有用的信息。我想，有位访客在那住过，她给孩子们当过家庭教师。惠特克夫人基本聋了，眼睛也有点儿瞎。她告诉我们的事情都没什么用，除了不久之前雷文斯克罗夫特夫人曾经住过一阵医院或是疗养院，不是因为生病，而是因为精神问题。哦，还有一位花匠。”

“但也有可能还有一位来自外界的陌生人。来自他们过去生活的地方的陌生人。加洛韦总警长，您是这么想的，对吗？”

“与其说是想，不如说是推测。”

波洛沉默了。他想起了过去他协助查过的一件案子。他当时询问了以前的五个人，那五个人使他想起了那首名为“五只小猪”的儿歌。那案子很有意思，因为他查明了真相，最终他也得到了回报。

第六章　一位老友的记忆

第二天早晨奥利弗夫人回到家时，利文斯通小姐正在等她。

“奥利弗夫人，有两通电话找您。”

“是吗？”奥利弗夫人说。

“第一通电话是克莱顿史密斯裁缝店打来的，他们问您是选石灰绿色的缎子还是选浅蓝色的缎子。”

“我还没决定，”奥利弗夫人说，“你明天早晨提醒我，好吗？我想在晚上的灯光下看看再做决定。”

“另一通电话是一位叫赫尔克里·波洛的外国先生打来的。”

“噢，他说了些什么吗？”奥利弗夫人问。

“他问您能否给他回个电话，并在今天下午去见他。”

“这有点困难。”奥利弗夫人说，“你帮我给他打个电话，好吗？我马上还得再出趟门。他留下电话号码了吗？”

“是的，留了。”

“那就行了，我们不用再查了。好了，你给他回个电话，告诉他我很抱歉没法去见他，因为我要去追踪一头大象。”

“您能再说一遍吗？”利文斯通小姐问道。

“告诉他我要去追踪一头大象。”

“噢，好的。”利文斯通小姐说。她一脸狐疑地看着自己的雇主，想知道自己一直以来对奥利弗夫人的感觉是否正确：尽管她是个成功的小说家，但她的脑子却不太正常。

“我以前从来没有捕猎过大象，”奥利弗夫人说，“我想那会是一件很有意思的事。”

奥利弗夫人走进起居室，翻开沙发上乱七八糟的书中最上面的那本，这些书看上去已经磨损得不成样子。奥利弗夫人前一晚还在费力地翻阅它们，抄了满满一张纸的地址。

“好了，得先找一个突破口。”奥利弗夫人说，“总体来说，我想如果朱莉娅还没完全离开她的摇椅的话，我应该从她开始。她总有些想法，毕竟她了解那个地方，她以前住在那附近。是的，就从朱莉娅开始吧。”

“这儿有四封信需要您签名。”利文斯通小姐说。

“现在别让这种小事来分我的心。”奥利弗夫人说，“我一点时间都没有。我得去汉普顿宫那边，这可是一段挺长的路。”

受人尊敬的朱莉娅·卡斯泰尔斯有些吃力地从她的扶手椅中站起来。很多七十岁以上的老人在长时间坐着或是打盹后起身时都会有这样的困难。她向前走了一步，仔细辨认着由她忠实的仆人领进门的来访者。她的仆人和她一起住在以她的名义申请的“老年之家”里。因为有点耳聋，她并没有听清通报的名字。格列佛夫人吗？但是她不记得什么格列佛夫人。她颤颤巍巍地走了几步，仍旧仔细辨认着。

“已经过去这么多年了，您不记得我也是正常的。”

就像很多上了年纪的人一样，比起长相卡斯泰尔斯夫人更能记起声音。

卡斯泰尔斯夫人惊叫道：“天哪，是阿里阿德涅！亲爱的，见到你真是太高兴了。”

两人寒暄起来。

“我刚好就在这附近，”奥利弗夫人解释道，“来看望一个离这儿不远的朋友。我想起昨晚查阅通讯录时发现您住的地方也在这附近，所以就过来看看您。这儿真不错，是吧？”她边说边环视四周。

“还不赖。”卡斯泰尔斯夫人说，“不过跟广告上写的不完全一样。但是也有很多好处。你可以带自己的家具过来，这儿还有一个中心餐厅让你吃饭。当然你也可以自己做饭吃。啊，是的，真的很不错。这儿的地面很漂亮，打扫得也干净。坐下吧，阿里阿德涅，快坐下。你看起来很不错，我那天还在报纸上看到你去参加了一个文学午宴。多奇怪啊，前一天你才在报纸上读到某个人的消息，第二天你就见到了她。真不可思议。”

“我知道，”奥利弗夫人拉过椅子坐下，说道，“事情就是这样的，不是吗？”

“你还住在伦敦吗？”

奥利弗夫人告诉卡斯泰尔斯夫人她还住在伦敦。在这之后，奥利弗夫人进入了自己的记忆之中。她模糊地记起了自己小时候去参加的舞蹈课，第一次跳兰谢舞[①]的情景。进一步，退一步，伸手，转身两

①兰谢舞，一种方块舞，舞蹈通常由四对舞伴组成，流行于十八至十九世纪的欧洲。

次，再转一圈。

奥利弗夫人问了卡斯泰尔斯夫人的一个女儿和两个外孙的情况，接着她又问了另一个女儿在做些什么。卡斯泰尔斯夫人好像不太确定，只说她在新西兰做某种社会调查。卡斯泰尔斯夫人按了一下椅子扶手上的电铃，叫艾玛上茶。奥利弗夫人让她别麻烦了，卡斯泰尔斯夫人坚持道：

“阿里阿德涅都到这儿了，当然得喝茶了。”

两位夫人向后靠在椅背上。奥利弗夫人又想起了自己第二次、第三次跳兰谢舞的场景，想到了老朋友、朋友的孩子们以及朋友的去世。

“距离我上次见到你已经好久了。”卡斯泰尔斯夫人说。

“我想那还是在卢埃林夫妇的婚礼上，”奥利弗夫人说，“是的，一定是那时候。莫伊拉当伴娘的样子真是糟糕透了。卢埃林夫妇的杏色衣服也是丑得可怕，一点都不合身。”

“我知道，那衣服不适合他们。”

“我觉得现在的婚礼不像我们当年那样好看了。有些人穿着那么奇怪的衣服。有一次我的朋友去参加婚礼，她说新郎穿着白色缎面的衣服，脖子那里还有褶皱。我想那一定是用瓦朗谢讷[①] 蕾丝做的，太奇怪了。新娘还穿着一套很奇怪的裤装，也是白色的，而且全身都印着三叶草图案。”

“我亲爱的阿里阿德涅，你能想象吗？真的是太奇怪了，他们竟然也是在教堂结的婚。如果我是牧师，我一定会拒绝主持这样的婚礼。”

茶上来了，谈话继续。

“前几天我见到了我的教女，西莉亚·雷文斯克罗夫特，”奥利弗

①瓦朗谢讷，法国诺尔省城市，位于斯凯尔特河畔，历史上以花边织造业著称。

夫人说，“您还记得雷文斯克罗夫特一家吗？当然，已经过去很多年了。”

“雷文斯克罗夫特一家？等一下。是发生了惨剧的那家人，对吧？夫妻双双自杀，人们是这样说的吧？他们家离欧克雷夫不远。”

“朱莉娅，您的记性可真好。”奥利弗夫人说。

“我的记性一直都不错。不过有时候我记不清名字。他们一家发生的事真的很悲惨，不是吗？”

“确实很悲惨。”

“我的一个表哥在马来亚时和雷文斯克罗夫特一家很熟，他叫罗迪·福斯特。雷文斯克罗夫特将军有一段卓越的职业生涯。他退休时有点耳背，有时候听不太清别人在说什么。”

“您还清楚地记得他们夫妇吗？”

“是的，人不会轻易忘记别人，对吗？我想他们在欧克雷夫住过五六年。”

“我已经忘了将军夫人的教名了。”奥利弗夫人说。

“我想是玛格丽特，不过人们都叫她莫莉。没错，是玛格丽特。那时候好多人都叫玛格丽特，不是吗？你还记得吗，她以前常常戴假发。”

“是的，”奥利弗夫人说，“我记不太清了，但是我还能想起这些事。”

“雷文斯克罗夫特夫人还曾劝我也买一顶假发。她说出国旅游时戴假发很方便。她有四顶不同的假发，一顶晚上戴，一顶旅行的时候戴，还有一顶——很奇怪，就是戴上帽子也不会弄乱的假发。”

“我不像您了解得那样清楚，”奥利弗夫人说，“枪杀案发生时我正在美国巡讲，所以我不知道任何细节。”

“当然了，那是个很大的谜团，”朱莉娅·卡斯泰尔斯说，“我的意思是，没人知道真相。传闻有太多种版本了。”

“警察在审讯听证会上是怎么说的？我想他们开过一个审讯听证会吧。”

“哦，是的，当然有了。警察调查后发现，那是一件不好判断的案子。只能判断凶器是左轮手枪。他们没法断定究竟发生了什么。看起来好像是雷文斯克罗夫特将军射杀了他的妻子，然后自杀。但也有相反的可能性，是雷文斯克罗夫特夫人射杀了她的丈夫，然后自杀。我认为更有可能是他们约定好一起自杀。但没人知道究竟发生了什么。”

“没人怀疑是谋杀吗？”

“不，不。据说当时没有任何谋杀的迹象。现场没有脚印，也没有任何人接近他们的迹象。他们和往常一样，喝过茶之后出门散步，但没有回来吃晚饭。于是男仆或花匠或是什么人——管他是谁呢，出去找他们，结果发现两人都死了。那把左轮手枪放在两人中间。”

“那把枪是丈夫的，对吗？”

“是的，他家里有两把左轮手枪。这些退伍军人经常这么做，不是吗？他们有把枪在身边会感到安全些。另一把枪仍然在屋里的抽屉中，所以他——嗯，他一定是故意带着枪出去的。我想他妻子是不太可能带着一把枪出门散步的。”

“是的，不可能。但这件案子应该不会就这么简单吧？”

“可是没有任何明显的证据表明他们两人之间有过什么不愉快或是争吵，没有什么能导致他们自杀。当然了，人们不会知道别人生活中的不幸。”

“是的，没人知道。”奥利弗夫人说，“千真万确。朱莉娅，您对这件事有什么看法呢？”

“嗯，亲爱的，人们总爱刨根问底。”

“是的，”奥利弗夫人说，“人们总爱这样。”

“有可能是因为——你看——将军得了什么病。我想也许医生说过他将死于癌症。但是根据尸检报告来看，并不是这样的。他很健康。他得过——我想他以前得过——那种病叫什么来着——冠状动脉栓塞，是这个吧？听起来像是个王冠，对吗？但是其实那是一种心脏病。他以前得过这种病，但已经康复。他的妻子有些紧张，她总是神经过敏。”

“是的，我好像记得这些。”奥利弗夫人说，“当然我不是很了解他们，但是——”她突然问道：“她当时有没有戴假发？”

“噢，这个，你知道的，我记不太清了。她总是戴假发，我是说，其中的一顶。”

“我只是在想，”奥利弗夫人说，“我感觉如果一个人要自杀，甚至要射杀丈夫，她应该不会戴着假发的，对吗？”

两位夫人兴致勃勃地讨论着这个问题。

“朱莉娅，您到底是怎么想的？”

“嗯，亲爱的，正如我所说，人们总爱刨根问底。有些传闻一直在流传。”

“关于丈夫的还是关于妻子的？”

“人们提到过一个年轻女人。是的，我想她是将军的秘书。将军那时候在写他国外生涯的回忆录——我想他是应一个出版商的约稿——那个女秘书那时帮他做笔录。但有些人说——你知道人们常常会说三道四——他们说，将军跟这个女秘书有暧昧关系。女秘书不是很年轻，三十多岁，也不是很漂亮，没有任何丑闻。但是谁也不知道究竟发生了什么。人们认为将军可能杀死了自己的妻子，因为他想要娶那个秘书。但是我觉得这些都不可信，我也从来没相信过。”

“那您是怎么想的呢？”

“我倒是对妻子有些怀疑。”

“您是说她还有另一个男人？”

“我相信在马来亚发生过一些事情。我听说过一些关于将军夫人的故事。她跟一个比自己小得多的年轻男人搅在一块。将军很生气，当时还传得沸沸扬扬。我忘了是在哪儿了。但不管怎么说，那已经是很久以前的事了，我也不认为有任何事是由此引发的。”

“在他们家更小的范围内有没有什么传闻？他们中的一个有没有和邻居中的谁有一些特殊的关系？有没有他们之间吵架之类的传闻？”

“没有。那时我会留意一切与那件事有关的消息。当时，每个人都在讨论那件事，大家都认为那背后可能有很悲惨的爱情故事。”

“但是您认为并没有这样的故事？他们有孩子，对吗？当然，其中一个还是我的教女。”

“噢，是的，还有一个儿子。我想他当时年纪还小，在什么地方上学。那个女儿只有十二岁——噢，不止。当时她住在瑞士的一个人家里。”

“他们家里没人有精神上的问题吧？”

“噢，你是指那个男孩。是的，当然可能有。你肯定也听过这件奇怪的事。好像就在纽卡斯尔附近，有个男孩开枪杀了父亲。在那件事发生的前几年，男孩非常抑郁。我记得他上大学时企图上吊自杀，但之后回家却射杀了他父亲。没人知道这是为什么。不管怎么说，雷文斯克罗夫特一家没有这样的情况。我觉得没有，实际上我很确定没有。别的方面的话，我禁不住想——”

“什么事？朱莉娅？”

“我禁不住想，可能还有另外一个男人，你懂吗？”

“您是说她——”

“是的，我想这很有可能。你想，四顶假发，只可能为了一件事。”

“我不明白假发跟这件事有什么关系。”

“她想让自己更漂亮。”

“我想她才三十五岁。”

“不止，她有三十六岁了。有一天她给我看她的假发，有一两顶真的衬得她很迷人。而且她还用很多化妆品，我想这一切都是他们搬到这儿住之后才开始的。她是个很漂亮的女人。”

“您是说她可能遇到了什么人，某个男人？”

“嗯，我一直这么想。”卡斯泰尔斯夫人说，“你看，如果一个男人勾搭上了一个姑娘，人们总能看出来，因为男人不善于掩饰自己。但是女人，就有可能——嗯，我是说将军夫人有可能遇见了什么人，但是别人都不知道。”

“朱莉娅，你真的这么想吗？”

“不，也不是。”朱莉娅说，“我的意思是，没有不透风的墙，对吗？如果有那么一个男人的话，仆人、花匠、司机都会知道，某个邻居也有可能知道。他们知道以后就会议论纷纷，可是当时没有听到过类似的议论呀。不过，可能还是有这样的事，只是被将军一人发现了……”

“您是说因为嫉妒导致的犯罪？”

“我想是这样的。”

“所以您认为将军杀死妻子后自杀比妻子杀死将军后自杀的可能性大。”

“嗯，我是这样想的。因为我想如果将军夫人想要除掉将军——

嗯，他们就不会一起去散步，而且夫人怎么可能还把左轮手枪放在随身的小手提包里。如果真的是那样，夫人一定会带个更大的包。人总是要从实用的角度去考虑问题。”

“我明白，”奥利弗夫人说，“的确是这样的，这很有意思。”

“这对你来说肯定很有意思，亲爱的。因为你就是写这类侦探小说的人。所以我想你应该会有更好的想法。你应该知道什么更有可能发生。”

“我不知道什么更有可能发生。”奥利弗夫人说，“您看，我写的所有故事中，那些犯罪都是我虚构出来的。那都是我希望发生的事情，而且只能发生在我的故事中，不会在现实中发生。所以我最没有资格谈论这个了。我对您的想法感兴趣是因为您很了解他们。我想也许哪天将军夫人可能对您说过什么，或者是将军对您说了些什么。”

“是的，是的，等一下。你说的这些好像让我想起了什么。”

卡斯泰尔斯夫人靠在她的椅子上，一脸怀疑地摇着头。她半闭着眼，像是昏过去了一样。奥利弗夫人没有说话，以一副等着水烧开的表情看着卡斯泰尔斯夫人。

“我记得有一次将军夫人确实说了些什么，当时我还纳闷那是什么意思。”卡斯泰尔斯夫人说，“好像是跟开始新的生活有关的事情，跟圣女德肋撒有关，阿维拉圣女德肋撒……”

“怎么又跟阿维拉的圣女德肋撒有关系了？”

“我也不太清楚。我想将军夫人那时一定是在读德肋撒的传记。她说女人能够像德肋撒那样重新振作起来是件多么好的事啊。她原话不是这样的，但是是类似的话。你知道，当女人们到了四五十岁的时候，她们会突然想过一种新的生活。阿维拉的德肋撒这么做了。之前她除了是个修女外，也没做过什么特别的事。但之后她改革了所有修道院，一下子变成了个大圣人。”

“是的，但是这两件事好像并不太一样。”

“是不一样。”卡斯泰尔斯夫人说，“但是当女人们提到自己生活中遇到的风流事时，她们有时会说一些很傻的话。什么这种事永远都不会晚之类的话。”

第七章　探望老保姆

奥利弗夫人犹豫不决地看着街边年久失修的小屋门口的三级台阶。小屋窗户下种着一些球茎植物，大多是郁金香。

奥利弗夫人停了下来，打开手中的地址簿，确定了这就是自己要找的地方。在试着按下门上的电铃却没有得到屋内的回应后，她轻轻叩了叩门环。仍然没有得到屋内的回应，她又敲了敲门。这次屋内有了动静，是拖着脚走路的声音，哮喘似的沉重呼吸声，和伸手试图开门的声音。这些声音使得信箱发出了几声模糊的回声。

“见鬼，真讨厌，又卡住了。”

终于，随着吱吱呀呀的声响，门终于被缓缓地打开了，一个老太太出现在了门后，老太太满脸皱纹，肩膀塌陷，一副标准的关节炎身形。看着门外的来访者。一脸的不情愿，却没有表现出害怕。她看上去有七八十岁，但仍具有保卫自家宅院的英勇气概。

“我不知道你来干什么，而且我——”老太太停了下来，“啊，是阿里阿德涅小姐。我真没想到！是阿里阿德涅小姐。”

"您还能记得我真是太好了。"奥利弗夫人说，"您好吗，玛恰姆夫人？"

"阿里阿德涅小姐！真是不可思议。"

奥利弗夫人想，已经很多年没有人叫自己阿里阿德涅小姐了。玛恰姆夫人由于上了年纪，声音听起来沙哑了很多，但她的音调仍旧让奥利弗夫人觉得很熟悉。

"亲爱的，快进来，"老太太说，"快进来。你看起来不错。我已经记不得有多少年没见过你了，至少有十五年了吧。"

远远不止十五年了，但奥利弗夫人没有纠正她。奥利弗夫人走进了屋内，玛恰姆夫人费力地关上了门。奥利弗夫人注意到，玛恰姆夫人的双手一直在颤抖，好像不太听使唤。玛恰姆夫人一瘸一拐地拖着脚，带领奥利弗夫人走进了一间小屋。很显然，这间小屋是她用来接待自己期待已久的客人的。屋内有很多照片，有些是婴儿的，有些是成人的，有些被装裱进斑驳的皮质相框。一个锈迹斑斑的银质相框里镶着一张一位年轻女人身穿法庭袍的照片。其他的照片中有两个海军军官，两个陆军军官，还有一些光着屁股在毯子上爬的婴儿。奥利弗夫人按照吩咐坐在了一张椅子上。玛恰姆夫人坐到沙发上，有些费力地拿了一个靠垫塞在自己的身后。

"亲爱的，见到你真高兴。你还在写那些可爱的故事吗？"

"是的。"奥利弗夫人表示了赞同。尽管她有些不确定为什么侦探小说和有关犯罪和犯罪行为的故事能够被称为"可爱的故事"。但她意识到，这种说话方式正是玛恰姆夫人的习惯。

"我现在是孤家寡人了。"玛恰姆夫人说："你还记得我姐姐格蕾西吗？她去年秋天死了，是癌症。她做了手术，但还是死了。"

"天哪，真遗憾。"奥利弗夫人说。

两人的谈话又进行了十分钟，话题是关于玛恰姆夫人为数不多的亲戚们一个接着一个的死亡的。

“你一切都还好吗？都顺利吗？结婚了吗？噢，我记起来了，你丈夫几年前去世了，对吗？什么风把你吹到这儿来了？”

“我只是刚好路过这附近，”奥利弗夫人说，“又在我的地址簿里看到您的地址，所以我就过来看看您。”

“啊！也许我们还能聊聊过去的事。叙旧总是令人愉快的，不是吗？”

“是的，的确是这样。”奥利弗夫人松了一口气。这句话被玛恰姆夫人先说了出来，毕竟来“叙旧”多多少少是她这次来的目的。

“您的照片可真多！”

“是的，还有那些。你知道吗，我住在那个家的时候——那儿的名字傻得不得了，叫什么幸福夕阳养老院，好像是这个名字，我在那儿住了一年零三个月，后来我再也忍受不了了。那儿的人太可恶了，居然说不准保留任何个人物品，所有的东西都要归养老院所有。我不是说在那儿住得不舒服，但是我喜欢把自己的东西放在身边，我的照片，我的家具。后来有个来自什么委员会还是什么社团的姑娘，她人可真好，告诉我另外一个地方。在那儿你可以有自己的家，还可以带上自己喜欢的各种东西，每天还都有个护工过来看看你过得好不好。所以我就搬了过来。啊，我在这儿住得很舒服，非常舒服。在这儿，我有这么多自己的东西。”

“这些东西都来自世界各地吧？”奥利弗夫人环视了一圈，问道。

“是的。那张桌子——黄铜的那张，是威尔逊船长从新加坡或是什么类似的地方带来送给我的。那个贝拿勒斯黄铜，很漂亮，对吗？那是个放在烟灰缸上的小玩意儿，是埃及的，叫蜣螂石或是类似的什么名字。听起来像是某种令人痒痒的病似的，但那并不是什么病，是一种甲虫，它是用某种石头做的。人们都说那是一种很名贵的石头，亮蓝色的，叫什么来着？”

“天青石。”奥利弗夫人说道。

“对，就是天青石。很漂亮吧，是个学考古的男孩儿挖出来送给我的。”

“这些照片都来自您美好的过去吧。”奥利弗夫人说。

“是啊，是我那些可爱的孩子。有些是他们婴儿时期的照片，有些是他们满月时照的，有些是他们更大一些时照的，还有些是我去印度和暹罗时照的。那张照片是莫亚小姐穿着她的法庭袍照的，她很漂亮，离过两次婚。第一任丈夫是个大男子主义，之后她嫁给了一个流行歌手，当然这种婚姻长久不了。之后她又在加利福尼亚结了婚。他们夫妇有一艘游艇，总是到处玩儿。她两三年前死了，才六十二岁。真可惜，这么年轻就死了。”

“您也去过很多地方吧？”奥利弗夫人说，“印度，香港，埃及还有南美，对吧？”

“没错，我是去过不少地方。”

“我记得，”奥利弗夫人说，“在马来亚时，您和一个军人家庭住在一起，对吗？什么将军，是——等一下，我想不起来他的名字了——是雷文斯克罗夫特将军夫妇，对吗？”

“不，不，你记错名字了。你说的那段时间我是在巴纳比家。没错，你还去他们家住过，记得吗？你在旅行，然后你到巴纳比家住了一阵子。你是巴纳比夫人的老朋友，巴纳比先生是个法官。”

“啊，是的。”奥利弗夫人说，“我总是会把名字弄混。”

“他们有两个可爱的孩子，”玛恰姆夫人说，“都在英格兰上的学。

男孩去了哈罗公学，女孩去了罗迪安，我想是这样的。那之后我就搬到另一家。啊，现在世道已经变了，已经没有过去那么多女佣了。女佣们以前可是经常会制造出一些小麻烦的。我在巴纳比家时跟家里的女佣相处得很不错。你刚才提到的是谁来着？雷文斯克罗夫特一家？噢，我认识他们。但我忘了他们住在哪儿了，好像离我们不远。我们跟这家人挺熟的。是的，已经是很久以前的事了，但我还记得一切。当时我还在巴纳比家，有一次孩子们去上学了，我留在家里照顾巴纳比夫人。实际上是照顾她的东西，就是做些缝缝补补的活儿。是的，那件可怕的事发生的时候我就在那儿。我不是指巴纳比家，而是雷文斯克罗夫特一家。我永远也忘不了我所听到的一切。当然了，事件都与我无关，但真是太可怕了。"

"我想的确是这样的。"奥利弗夫人说。

"那件事发生在你回英格兰之后，是在那之后很长一段时间之后。巴纳比夫妇人很好，那件事让他们震惊不已。"

"我现在记不太清了。"奥利弗夫人说。

"我知道。人都会忘事儿，但我不会。据说她一直很古怪，从很小的时候就那样。很早以前的传闻说，她把一个婴儿从摇篮里抱出来扔进了河里。有些人说是出于嫉妒。还有些人说她想让那个婴儿不用等待就能直接进入天堂。"

"您说的——是雷文斯克罗夫特夫人吗？"

"不，当然不是。啊，你记得还没有我清楚，我说的是她姐姐。"

"夫人的姐姐？"

"我现在也不确定她是夫人的姐姐还是将军的姐姐。据说她在一个精神病院住了很长一段时间，从她十一二岁开始的。她的家人让她住在那儿，之后又说她康复了，就让她出院了。后来这个姐姐和一个军人结了婚。但没过多久又出事了。接下来人们就听说她又被送回了精神病院。你知道吗，那里对待病人特别好，有漂亮的套房和其他什么的。他们常常去探望她，我指的是将军或是他的夫人。她的孩子是由别人带大的，因为家人们害怕孩子会像妈妈一样有精神病。据说最后她痊愈了，还回到家和丈夫住在了一起，后来，我想是因为高血压或是心脏病，丈夫就去世了。不管怎样，她总是烦闷忧虑，但只要她和自己的弟弟或妹妹在一起——不管是哪一个——她看上去就会很开心。因此，她就在将军家住了下来。她很喜欢孩子。我想不是那个小男孩，当时他在学校里。是那个小女孩，还有另一个在那天下午来和她一起玩的小女孩。我记不太清细节了，时间过去太久了。关于那件事有太多的传言。有人说根本不是她在跟孩子们玩，而是他们的女佣在跟孩子们玩儿。那个女佣很爱孩子们，因此她很不高兴。她想把孩子们从那幢房子带走，说他们在那儿不安全，还有一些别的类似的话。但是其他人当然不相信她的话，结果那件事就发生了。我想大家一定认为是她做的——她叫什么来着，我记不得了。总之，就是这样。”

“那个姐姐后来怎么样了？不管是将军的姐姐还是夫人的姐姐。”

“她被一个医生带走后送到了某处疗养，所以我想她最终应该回到了英格兰。我不知道她是不是回到了以前的医院，但有人在某个地方把她照顾得好好的。我想，他们有好多钱。她丈夫家很有钱。也许她的病又被治好了。我已经很多年没想过这些事了，直到你来问我雷文斯克罗夫特将军夫妇的事。我不知道他们现在在哪儿，他们一定已经退休很多年了。”

“嗯，事实很让人伤心。”奥利弗夫人说，“也许您从报纸上知道了？”

“知道什么？”

“他们在英格兰买了一幢房子，然后——”

“啊，现在我想起来了。我记得在报纸上看过些什么。是的，那时我还在想我知道雷文斯克罗夫特这个名字呀，但是我记不得是什么时候从哪知道的。他们坠了崖，对吗？类似那样的事情。”

“是的，”奥利弗夫人说，“类似的事情。”

“亲爱的，见到你真是太高兴了。你一定得在我这儿喝杯茶。”

“真的不用了。真的，我不想喝茶。”奥利弗夫人说。

“一定要喝点。如果不介意的话，来厨房好吗？现在我大部分时间都花在厨房里，在那儿很容易打发时间。但是我通常会把客人带到这间房子，因为我为自己拥有这么多好东西感到骄傲，也为所有的孩子骄傲。”

“我想，”奥利弗夫人说，“像您这样的人一定跟被您照顾过的孩子们度过了很多美好的时光。”

“是的。我还记得你是个小女孩的时候，喜欢听我讲故事。我记得有个故事是关于一只老虎的，还有个故事是关于树上的猴子的。”

“是的，”奥利弗夫人说，“我记得那些故事。那是很久以前的事了。”

奥利弗夫人的脑海中又浮现出自己以前的样子。那时她只有六七岁，穿着一双带有纽扣的靴子，走在英格兰的小路上，边走边听身旁的保姆讲印度和埃及的故事。玛恰姆夫人就是那个保姆。

在跟着玛恰姆夫人走向厨房的时候，奥利弗夫人环视着屋子。照片中的女孩们、男孩们、各种各样的中年人，所有照片中的他们都穿着自己最好的衣服。照片也都装裱在漂亮的相框中，他们所有人都不曾忘记玛恰姆夫人这位保姆。可能正是因为他们，玛恰姆夫人才能过上富足舒适的晚年生活。奥利弗夫人突然有一种想大哭一场的冲动。

这很不像她的做派，因为她总能用意志控制自己。

奥利弗夫人跟着玛恰姆夫人来到了厨房，玛恰姆夫人开始用她带来的茶叶为她沏茶。

“上好的泰散姆茶叶！我最喜欢这种茶叶了，真开心你还记得。现在已经很难找到这种茶叶了。那个，是我最喜欢的饼干。你的记性可真好。他们过去怎么叫你来着——那两个来和你玩的小男孩——一个叫你大象小姐，另一个叫你天鹅小姐。叫你大象小姐的那个男孩总是骑在你的背上，你还会趴在地上假装自己有个象鼻子呢。”

“您从不忘事，对吗？”奥利弗夫人问。

“啊，大象从不忘事，这是句老话呀。”

第八章　奥利弗夫人的探访

奥利弗夫人走进了“威廉姆斯与巴尼特”。这是一家设施齐全的药店，兼卖各式各样的化妆品。她在一个看上去有点蠢、正在卖各种各样鸡眼药的服务员前停了一下，又在堆成山一样的橡胶海绵前犹豫不决，接着茫然地走向处方药柜台，最后向摆放着很漂亮的化妆品的柜台走去。那里摆放着伊丽莎白·雅顿、赫莲娜、蜜丝佛陀和一些其他使女人们容光焕发的美容品。

奥利弗夫人最终在一个体态丰满的女店员前停了下来，问店员要了某种唇膏，然后发出了一声短暂的惊呼：

“马琳—是马琳吗？”

“噢，天啊！这不是奥利弗夫人吗！见到您真是太高兴了！这真是太棒了，不是吗？如果我告诉其他姑娘您来这儿买东西的话，她们一定会激动万分的。”

“没必要告诉她们。”奥利弗夫人说。

“我敢肯定她们都会拿出签名本来！”

“我宁愿她们别这么做。”奥利弗夫人说，“马琳，你还好吗？”

“马马虎虎吧。”马琳说。

“我不知道你还在这儿工作。”

“我想这儿跟其他地方也差不多。在这儿他们给我的待遇很好。去年我才加了薪，我现在基本负责这个化妆品柜台。”

“你妈妈呢，她好吗？”

“噢。她很好。如果她听说我遇见您的话一定会很开心的。”

“她还住在原来那幢房子吗？在去医院那条路上的那幢？”

“是的，我们还住在那儿。我爸爸身体不太好，他已经来医院住了一阵子了。但是我妈妈身体一直很健康。知道我遇见您，她一定会很开心的。您还会在这儿待一阵儿吗？”

“不了，”奥利弗夫人说，“事实上我只是路过。我去看了一位老朋友，现在我想——”她看了看手表，说道，“马琳，你妈妈现在在家吗？我想去看看她，在我回去之前跟她聊上几句。”

“您快去吧，”马琳说，“她肯定高兴极了。真抱歉我不能陪您一起去，我想——被别人看见不太好。您知道的，工作时间我不能离开。”

“好的，下次吧。”奥利弗夫人说，“我不太记得清你家的地址了，是十七号吗？还是有个什么名字？”

“是叫月桂树小屋。”

“啊，是的，我真笨。很高兴见到你。”

奥利弗夫人把一支自己根本不想要的唇膏装进包里，急匆匆地离开了药店。她开着车行驶在奇平·巴特拉姆的主街上，转了个弯，经过一个车库和一间医院后，开进了一条很窄的路。这条路虽然很窄，但两旁却有很多漂亮的小房子。

奥利弗夫人把车停在月桂树小屋外，然后上前敲了敲门。一位五十岁左右、神采奕奕的灰发清瘦女人打开了屋门。她立即认出了奥利弗夫人。

“怎么会是您，奥利弗夫人！真好。我已经很多很多年没有见过您了。”

“是啊，确实很多年了。”

“进来，快进来。喝杯茶吗？”

“不用了，”奥利弗夫人说，“我刚在一个朋友那儿喝过，而且过会儿我还得赶回伦敦。你说多巧，我进了一家药店想买点东西，结果就在那儿碰见了马琳。”

“是的，她在那儿有一份很不错的工作。老板很看重她，还说她有进取心。”

“那很好。您怎么样，巴克尔夫人？您看起来很不错，跟我上次见您的时候没什么变化。”

“唉，我可不这么觉得。头发都变灰了，人也瘦了许多。”

“今天对我来说好像是个遇见老朋友的日子，”奥利弗夫人说着，被领进了一间有些过度拥挤的小客厅。她说：“不知道您还记不记得卡斯泰尔斯夫人？朱莉娅·卡斯泰尔斯。”

“当然了，记得很清楚。她一定过得不错。”

“她确实过得不错。我们见过面，还谈起了很多过去的事。实际上，我们甚至聊了过去发生的那件惨案。我那时候在美国，所以知道得不多。人们管它叫雷文斯克罗夫特惨案。”

“啊，那件事我记得很清楚。”

“您过去为雷文斯克罗夫特一家工作过，对吗，巴克尔夫人？”

“是的，我以前一周会去他们家三个上午。他们人很好，是真正的军人和淑女，作风有点保守的那种。”

“他们发生的事情太惨了。”

“是的，确实很惨。”

“那时您还在为他们工作吗？”

“不，事实上那时候我已经辞掉他们家的工作了。我年迈的姑妈艾玛来和我住在一起，她的眼睛快瞎了，身体也不太好。那时我真的腾不出时间去别人家做工了，所以就辞掉了雷文斯克罗夫特家的工作。不过直到悲剧发生的前一两个月，我还在他们家工作。”

“发生那样的事情真是太可怕了。”奥利弗夫人说，“我听说，那是一起约定自杀。”

“我不信。”巴克尔夫人说，“我很确定他们不会一起自杀。他们不是那样的人。那对夫妇一直幸福快乐地生活在一起。当然，他们没在那个地方住多久。”

“嗯，是没住多久。”奥利弗夫人说，“他们第一次回英格兰时住在伯恩茅斯附近的什么地方，是吗？”

“是的，但他们觉得那里离伦敦太远了，所以搬到了奇平 · 巴特拉姆。他们的房子很漂亮，花园也很漂亮。”

“您最后为他们工作的那段时日，他们两人的身体都还好吗？”

“像大多数人一样，将军感到有些岁月不饶人，他的心脏有些毛病，或是有点中风。你知道，就是类似那样的病。他按时吃药，时不时还卧床休息一阵。”

“那夫人呢？”

“我认为她很怀念之前在国外的生活。他们在这儿认识的人不是很多，认识的都是他们那个阶层的人。但是我想在马来亚或其他那些地方就不一样了，在那些地方他们会有很多仆人。我猜也会有很多华丽的宴会，或者类似的活动。”

“您认为夫人很怀念她那些华丽的宴会？”

“这我就不太清楚了。”

“有人告诉我她戴假发。”

“是，她有好几顶假发。”巴克尔夫人笑了笑，说，“很精美，也很昂贵。她时不时会把假发送回伦敦的店里保养，店员为她修补好之后再送回来。她有各式各样的假发。有一顶是红褐色的，有一顶满头都是灰色的小卷发。她戴那顶最好看。还有两顶——嗯，不是很漂亮，但是很实用——大风天，可能会下雨，你需要在头上戴点什么。夫人很在意自己的外表，在衣服上也花了不少钱。”

“您认为导致这起惨剧的原因是什么？”奥利弗夫人说，“您知道，我当时不在这儿而是在美国，也没见到任何朋友，所以关于这件事我什么都不知道。我又不好写信去问谁。我猜一定有某种原因。我是说，据我了解，凶器是雷文斯克罗夫特将军自己的左轮手枪。”

“是的，将军在屋子里放了两把手枪，他常说没有手枪的房子不安全。也许他说得对。据我所知，他们之前一直没有遇到过什么麻烦。有一天下午，一个脏兮兮的男人来敲门，想要见将军。我不喜欢那人的样子。那人说他年轻时在将军的手下当兵。将军问了他几个问题，就把他打发走了。我想将军是认为那人不怎么可靠。”

“您认为是外来者干的吗？”

“一定是这样的，我也想不出其他原因了。告诉你吧，我很不喜欢那个来为将军夫妇打理花园的男人。他的名声不太好，我猜他以前坐过牢。但是将军接受了他的自荐，想给他一个机会。”

“所以您认为有可能是那个花匠杀了他们？”

“我一直那样认为。但是我可能想错了。对我来说——我是说，人们说的那些关于将军和夫人的传闻，或者究竟是将军杀了夫人还是夫人杀了将军之类，这都是胡编乱造的无稽之谈。一定是个外来者干的。一个外来者——其实以前的人没有现在这么坏，因为那时候人们还没有暴力的想法。但是看看现在每天在报纸上读到的内容——年轻人，其实还只是男孩子呢，吸毒、发疯、横冲直撞，还莫名其妙地杀人。他们在酒吧里邀请女孩一起喝酒，之后送她回家，第二天人们就在水沟里发现了女孩的尸体。他们从婴儿车里偷走小孩，带女孩子去跳舞，然后在回家的路上勒死女孩。任何人都可以为所欲为。不管怎样，将军夫妇人很好。他们只是晚上出去散了个步，然后就被子弹打中头部死了。”

“子弹是穿过头部的吗？”

“我现在记不太清了，当然我本来就没有亲眼看过这些。但是他们只不过是像往常一样去散了个步啊。”

“他们两人那时有什么不愉快吗？”

“他们时不时会吵架，但是谁家不吵架呢？”

“他们各自有没有男朋友或女朋友？”

“他们都过了能用这种字眼的年纪了。我是说，传言一直都有，但全是胡说八道。根本没有这回事。人们总爱传那样的闲话。”

“也许他们中的一个——生病了？”

“雷文斯克罗夫特夫人倒是去过伦敦一两次，去向医生咨询些什么。我想她是去住院，或是去做某种手术。但她从来没有确切地告诉过我她究竟怎么了。我想医生们治好了她，因为她只在医院住了很短的一段时间。我认为她没动手术。她回家的时候看上去年轻了很多，毕竟她做过很多次美容。她戴着那顶假发可漂亮了，仿佛重获新生似的。”

“雷文斯克罗夫特将军呢？”

“他是个非常绅士的人，我从来没有听说过他有什么丑闻，我也不认为会有任何丑闻。人言可畏，当一些惨剧发生时，就更是如此。在我看来，也许将军在马来亚时头部受过打击。我有个叔叔，或者是伯父，有一次从马背上摔了下来，头撞在一门大炮或是类似的东西上。从那之后，他就变得很奇怪。开始的六个月他还比较正常，之后家人们就不得不把他送进精神病院，因为他整天想要杀死他的妻子。他说他妻子在跟踪他、迫害他，是别的国家派来的间谍。唉，真说不好，什么样的事情都有可能发生。”

“不管怎样，我听到的那些关于将军夫妇的故事都不是真的，对吗？关于他们两个人有过争吵，其中一个开枪杀死了另一个然后自杀这种说法。”

“对，那不可能。”

“那件事发生的时候，他们的孩子们在家吗？”

“不在，小姐她——呃——她叫什么来着，罗西？不对，佩内洛普？”

“是西莉亚，”奥利弗夫人说，“她是我的教女。”

“噢，当然了。是的，我想起来了。我记得有一次你来带她出去玩。她是个很活泼的女孩，有时候脾气不大好，但她很爱她的父母。我很庆幸那件事发生的时候她不在家，那时她在瑞士上学。如果她当时在家并亲眼看到父母的死状，那对她来说一定会是一个毁灭性的打击。”

“他们还有个儿子，对吗？”

“是的，爱德华少爷。将军对他有点担忧。爱德华看起来不太喜欢他的父亲。”

“噢，那没什么的。男孩子都会经历这样一个时期。爱德华喜欢他的母亲吗？”

“夫人有些过分关心少爷，我感觉少爷对此有点儿厌烦。你知道，男孩子们不喜欢母亲过分地嘘寒问暖，让他们穿件厚衣服或是再多穿一件衣服什么的。将军不喜欢少爷的发型。那种发型——那时候人们的发型还不是现在这样的，但是有点相似了，你懂我的意思吧。”

“惨剧发生时，爱德华也不在家吗？”

“是的。”

“我想他也一定对这件事感到震惊吧？”

“嗯，一定的。当然了，那时候我已经不再去他们家工作了，所以我知道的不多。但如果你要问我的话，我会说我不喜欢那个花匠。他叫什么来着——弗雷德，弗雷德·维泽尔，类似这样的名字。他似乎有些小偷小摸的行为，将军发现了并且要解雇他。我很怀疑他。”

“怀疑他枪杀了将军夫妇？”

“我觉得他更有可能只杀了将军。但是，如果他杀将军时夫人也在，那他一定也得把夫人杀了。这种情节就像书里写的一样。”

“没错，”奥利弗夫人若有所思地说，“人们确实能在书里读到各种各样的故事。”

“还有一个家庭教师，我也不怎么喜欢他。”

“什么家庭教师？”

“之前爱德华少爷有个家庭教师。少爷没有通过预备学校之类的考试，将军夫妇就给他请了一位家庭教师。我想，他大概教了少爷一年。将军夫人很喜欢那个家庭教师，因为他跟夫人一样喜欢音乐。我想他的名字是埃德蒙兹先生。我感觉他是个有些矫情的年轻人，我还觉得雷文斯克罗夫特将军不怎么喜欢他。”

“但是将军夫人喜欢。”

“我想他们有很多共同点。而且我认为是夫人选了埃德蒙兹先生给少爷当家庭教师的，而不是将军。埃德蒙兹先生很有礼貌，跟每个人说话都举止得体。”

“那个——他叫什么来着？”

“爱德华？我想爱德华很喜欢这个家庭教师，几乎到了崇拜的地步。不管怎样，你不要相信那些听说到的传闻，那些关于他们家庭的、关于夫人跟别人有染、或是关于雷文斯克罗夫特将军和那个天天面无表情帮他做记录的姑娘有暧昧的话。那些都是胡说。不管那个邪恶的凶手是谁，他一定是个外来者。警察从来没有怀疑过任何家里人。现场附近曾有人看见过一辆车，但车上并没有可疑线索，所以警察就没有接着查下去。不管怎样，我觉得应该去查找那些在马来亚或者国外别的地方认识将军夫妇的人，甚至是他们最初住在伯恩茅斯时认识的人。凶手没准儿就是他们。”

“您丈夫怎么看这件事？”奥利弗夫人说，“关于将军夫妇，他肯定没有您知道得多。但也许他听说过一些传闻。”

“可不是嘛。有一天晚上在乔治旗酒馆，人们在议论这件事。有人说夫人喝了很多酒，一箱一箱的空酒瓶被抬出屋子。我知道这种说法肯定不是真的。将军夫妇还有个侄子，过去时不时会来看望他们。那个侄子不知道怎么跟警察起了冲突，但我认为这和将军夫妇的死没什么关系。警察也这么认为。不管怎样，那件事不是那时发生的。”

“所以除了将军和将军夫人以外，其实没有人住在那幢房子里了，对吗？”

“夫人还有个姐姐经常过来住。我想她们是同父异母的姐妹，类似那样的关系，长得很像将军夫人。我过去常常觉得她每次来访都会在将军夫妇之间制造些小麻烦。她是那种喜欢瞎搅和的人，总喜欢故意说些话去激怒别人。”

“雷文斯克罗夫特夫人喜欢她吗？”

“如果你问我的话，我觉得夫人不太喜欢她。我觉得那个姐姐似乎希望自己能和将军夫妇在一起，但夫人不喜欢。我觉得夫人留她在家里住只是因为面子。将军倒是很喜欢那个姐姐，因为她会玩牌。她还和将军下象棋什么的，将军很享受。从某个角度说，夫人的姐姐是个挺有意思的女人，好像叫杰里博伊夫人。我想她是个寡妇，还向将军夫妇借过钱。”

“您喜欢她吗？”

“如果您不介意我这么说的话，夫人，我不喜欢她，非常不喜欢。我认为她是个惹祸精。但惨剧发生前的一段时间内她都没有来过。我不太记得她长的什么样了。她还有个儿子，也跟她一起来过一两次。我也不怎么喜欢她儿子，感觉他很不可靠。”

“好了，我猜没人能知道事情的真相。”奥利弗夫人说，“现在不能，以后也不会。对了，前几天我见到了我的教女。”

“真的吗，夫人。我很想听听她的近况，她怎么样？一切都好吗？”

“是的，她看起来不错。我想也许她正在考虑结婚。她已经有了一个——”

“一个稳定的男朋友，对吗？”巴克尔夫人说，“我们都理解，我们并不是都嫁给第一个稳定的对象，也可能会嫁给别人。但十有八九还是会嫁给第一个。”

“您认识伯顿－考克斯夫人吗？”奥利弗夫人问。

“伯顿－考克斯？我好像知道这个名字。不，我不认识。她是住在这附近吗？还是来跟将军夫妇住过之类的？我记不得了。但是我听过关于她的一些事，她好像是将军以前的老朋友，在马来亚的时候认识的。但是我不认识她。”巴克尔夫人摇着头说道。

“好了，巴克尔夫人，”奥利弗夫人说，“我不能再跟您闲聊下去了，我得赶回伦敦。见到您和马琳真是很高兴。”

第九章　追踪大象的结果

“有找您的电话，先生。是奥利弗夫人打来的。”赫尔克里·波洛的男仆乔治说。

“好的，她说了些什么？”

“她想知道今天晚饭后来能否见您，先生。”

“那可真是太好了，”波洛说，“太好了。我今天非常累，见见奥利弗夫人能刺激一下我的神经。她总是那么有趣，也总能说出让人意想不到的话。对了，她提到过大象吗？”

“大象？她没提到过，先生。”

“啊，似乎大象很可能令人失望。”

乔治满脸疑惑地看着主人。有些时候他不太明白波洛所说的话之间的前后联系。

“给她回电话，告诉她我在家恭候。”波洛说。

乔治去打电话了。回来后他告诉波洛，奥利弗夫人会在八点四十五分左右到。

“咖啡，”波洛说，“准备好咖啡和一些小蛋糕。我记得前不久我刚从佛特纳姆梅森那家店买了些。”

“还要准备甜酒吗，先生？”

“不，我想不用了。我喝黑加仑酒。”

“好的，先生。”

奥利弗夫人准时到访。波洛满面欢喜地迎接她。

“您好吗，亲爱的夫人？”

“筋疲力尽，”奥利弗夫人说着，瘫倒在波洛指给她的椅子中，“完全筋疲力尽。”

“啊，机不可失[①]——那句话怎么说来着。”

“我记得，”奥利弗夫人说，“我小时候就知道了，机不可失失不再来[②]。”

“我很确定这句话并不适用于您正在进行的追寻工作。我指的是对大象的追寻，除非那只是您说话的一种比喻。”

“绝对不只是比喻。”奥利弗夫人说，“我一直在疯狂地到处追寻大象。我消耗了多少汽油，坐了多少趟火车，写了多少封信，发了多少封电报——你都不知道这有多累人。”

“那就休息一下，喝点咖啡吧。”

“香浓可口的黑咖啡——好啊，正是我需要的。”

“我能问问您，您得出什么结论了吗？”

“很多，”奥利弗夫人说，“但问题在于，我不知道它们是否有用。”

“但是您了解了很多事实，对吗？”

①原文为法语，Qui va à la chasse ——译者注

②原文为法语，Qui va à la chasse perd sa place ——译者注

“不完全是。我了解到的都是人们自认为的事实，但我十分怀疑那些是不是事实。”

“只是道听途说吗？”

“不，它们是我说过的那样，是人们认为的事实，是他们的回忆，来自很多人的回忆。问题是，当你回忆事情的时候，回想起的不一定总是正确的，对吗？”

“对，但您仍然可以说它们是某种结论，不是吗？”

“你又做了些什么呢？”奥利弗夫人问。

“您总是这么严厉，夫人。”波洛说，“您要求我四处寻找，要求我也一定要做些什么。”

“那你四处寻找了吗？”

“没有，但是我向几个同行咨询了几次关于那件案子的事。”

“听起来比我做的事安逸得多。”奥利弗夫人说，“这咖啡真棒，很浓。你一定不相信我有多累，我的脑子一片混乱。”

“来吧，让我们好好期待一下。我想您肯定发现了些什么。”

“我听到了许多不同的故事和故事背后暗示的结论。我不知道哪些是真的。”

“它们可能不是真的，但还是有用的。”波洛说。

“啊，我懂你的意思，我也是这么想的。”奥利弗夫人说，“我是说，当我四处探访时我就是这么想的。当人们回忆起过去的事情，并对你讲起的时候——那一般不是事情真实的情况，而是他们自以为发生过的事情。”

“但他们的故事一定有所根据。”波洛说。

“我给你带来了一张单子。”奥利弗夫人说，“我没必要详细告诉你我去了哪儿、说了些什么，以及我为什么那样说。我是有意去找——

嗯，现在常人一般无法在英格兰找到的信息。但所有信息都是来自认识雷文斯克罗夫特一家的人，尽管有些人跟他们不太熟。”

“您是说您从国外找到了一些信息？”

“大部分信息来自国外，也有一些来自和本地那些与雷文斯克罗夫特夫妇只有点头之交的人，或者他们的远亲和不太熟悉的朋友。”

“您记下的每个人都有他们自己的想法——跟那起惨剧有关的人或事？”

“正是如此。”奥利弗夫人说，“我大概给你讲讲，好吗？”

“好的。先吃块小蛋糕。”

“谢谢。”奥利弗夫人说。

奥利弗夫人拿起了一块看上去很丑但却很甜的蛋糕，放进嘴里起劲嚼了起来。

“甜食总能让人充满活力。好了，现在我来说说我所听到的人们对于那件惨案的主观猜测吧。他们用的开场白一般都是‘噢，是的，当然了！’‘这整件事太令人伤心了！’‘当然，我想每个人都知道真相。’他们一般都这么说。”

“嗯。”

“这些人以为他们知道发生了什么，但其实他们跟这件事并没有什么直接关系。他们所说的要么是别人告诉他们的，要么就是他们从朋友、仆人、亲戚或别的什么人那儿听来的。他们的说法真是各种各样。第一种说法是，雷文斯克罗夫特将军在写他关于马来亚生活的回忆录，一个年轻女人给他当秘书，帮他记录、打字什么的。那是个漂亮的姑娘，毋庸置疑他们俩有些暧昧。结论就是——呃，这又有两种说法，第一种是说将军想娶那个姑娘，所以杀死了妻子。然后他被自己的所作所为吓到了，就又自杀了……”

“确实是个浪漫的解释。”波洛说。

“第二种说法是，当时有个家庭教师在给因病辍学在家六个月的将军儿子补习。那可是个帅气的年轻男子。”

“啊，所以将军夫人爱上了那个年轻的家庭教师，两人有了暧昧关系？”

“大概是这样的。”奥利弗夫人说，“没有什么证据，只是另一个浪漫的猜测而已。”

“因此我认为很可能是将军杀了他的妻子，然后因为后悔又开枪自杀了。又或者是将军有了外遇，被妻子发现了，妻子开枪杀了将军之后又自杀了。每个事都有些许不同，但是没人知道事情的真相。我的意思是，每次的故事都只是可能发生的事。将军可能跟同一个或者多个女孩甚至已婚女人发生外遇，又或者是将军夫人有外遇。我听到的每个故事中的外遇对象都不同，然而都没有什么确实的证据。那些都只是十二三年前的闲言碎语罢了，人们现在可能都已经忘了。但是他们的故事足以让人回忆起几个名字。那时有个易怒的花匠住在将军夫妇家。还有个很好的厨师兼管家，她的眼睛不太好，耳朵也快聋了，没有人怀疑她跟案件有关。类似的人还有很多。我已经把所有的名字及可能发生的事写了下来。其中有些名字是对的，有些可能不对，很难判断。我想将军夫人曾经病了一阵子，可能是发烧之类的。她一定掉了很多头发，因为她买过四顶假发。警察在她的遗物中找到了至少四顶新的假发。”

“是的，我也听说了这件事。”波洛说。

“你是从哪儿听说的？”

“警局的一个朋友。他回去翻阅了当时的验尸报告和房子里物品的清单。四顶假发！夫人，我想听听您的想法。您不觉得四顶假发有点太多了吗？”

“嗯，确实多了点儿，我也这么认为。”奥利弗夫人说，“我有个姑妈，她有两顶假发，一顶常用，一顶备用。只有在她把其中一顶送回店里修补的时候，她才会戴另一顶。我从来没听说过谁有四顶假发。”

奥利弗夫人从她的包里抽出一个小笔记本，快速地翻着，寻找她摘录的谈话内容。

“卡斯泰尔斯夫人，七十七岁，有些疯疯癫癫的。她说：‘我的确清楚地记得雷文斯克罗夫特一家。他们夫妇都很好，那件事确实很令人伤心。我想，是得了癌症。’我问她是谁得了癌症，”奥利弗夫人说，“但卡斯泰尔斯夫人记不起来了。她说她记得将军夫人去伦敦看过医生，还做了手术。回家后夫人的脾气变得很不好，将军很是不快。所以将军就杀了夫人，然后又自杀了。”

“这是她的想法还是她有些实际的证据？”

“我认为这全是她自己的想法。根据我调查过程中的了解，”奥利弗夫人着重强调了“调查”二字，又说道，“任何人听到自己不太熟的朋友突然生病而去看医生，他们总会认为那个朋友得了癌症。我想人们都是这样的。另一个人——我记不清她的名字了，好像是以 T 开头的。她认为是将军得了癌症，夫妇二人情绪都很低落。他们一起讨论了将军的病情，认为这将给他们带来无法承受的痛苦，所以决定一起自杀。”

“悲伤而浪漫。”波洛说。

“是的，但我不认为这是真的。”奥利弗夫人说，“这很让人烦恼，对吗？我是说，人们记得那么多事，但大部分情节又好像都是他们自己杜撰出来的。”

“他们是为自己知道的事情编个结局。”波洛说，“也就是说，他们知道有人去了伦敦看医生，或者有人住了两三个月的医院。这就是他们知道的所谓事实。”

“是的，”奥利弗夫人说，“所以，在很多年以后再讲起这些事的时候，他们会用自己编造的结局。这毫无帮助，对吗？”

“不，有帮助的。”波洛说，“根据您对我说的这些情况，您是很正确的。”

“关于大象的事？”奥利弗夫人疑惑地问道。

“是的，关于大象的事。”波洛说，“了解人们记忆中残留的事情是很重要的，尽管他们也许并不知道事情的真相是什么，为什么发生，以及什么导致了它的发生。但是他们可能知道一些我们不知道，也无法知道的事情。所以从他们的记忆可以引出一些推测——夫妻不忠、患病、自杀约定或是嫉妒心作祟之类的事。所有他们告诉您的结论，我们都可以再进行深入调查，看看哪些更接近真相。”

“人们喜欢谈论过去，”奥利弗夫人说，“比起现在正在发生的，或是去年发生的事，他们更愿意谈论很久以前发生的事。这能使他们回忆起过去。当然，他们会先跟你提起很多你根本不关心的别人的事情，接着他们会告诉你那些他们从认识的其他人那儿听说的事。所以雷文斯克罗夫特将军夫妇对于他们来讲已经是远了一层的关系，就像家里的亲戚关系一样。”奥利弗夫人接着说，“第一个表亲远了一层，第二个表亲又远了一层，以此类推。我想我听到的事真的没什么帮助。”

“千万别这么想。”波洛说，“我敢肯定，您那本漂亮的紫色笔记本中一定记了些跟过去那起惨案有关的事。我可以告诉您，从我自己对将军夫妇死亡的调查来看，事实仍旧是个谜。警方的结论是：他们是一对很相爱的夫妻，没有关于他们私生活的流言蜚语，也没有足以导致他们自杀的病症。不过您得明白，我现在说的时间段仅限于惨剧发生前的那一小段。在那之前，可还有很长的一段时间。”

“我懂你的意思。”奥利弗夫人说，“我还从一位老保姆那里听到了些事。她现在可能得有……我说不好……可能得有一百岁了，但也许只有八十岁。我小时候就受她照顾，她过去常常给我讲在国外当兵的人的故事——印度、埃及、暹罗、香港或者其他地方的故事。”

“她讲的事里有什么让您感兴趣的吗？”

“是的。”奥利弗夫人说，“她提到了某件惨案，但她对惨案的详情好像也不太确定。我不知道那是否跟雷文斯克罗夫特一家有关，也有可能是关于别人的。因为她对姓名和事情都记得不太清楚了。那是某个家族中的人患有精神病的案件。有个姐姐，可能是某将军的姐姐或是他夫人的姐姐，她在精神病院住过几年。很久以前，她要不就是杀了自己的孩子，要不就是试图杀掉自己的孩子。然后她应该是被治好了或是被医院允许回家住，她就去了埃及或是马来亚或是类似的地方。她出院后跟大家一起生活，之后好像又被牵扯进别的惨案中。我想是跟孩子之类的有关。不管怎样，这件事没有被张扬出去。这个案件引起了我的好奇，他们家族的人会不会也有什么精神问题，我是说雷文斯克罗夫特将军的家人或者将军夫人的家人。我想这个精神病人和雷文斯克罗夫特夫妇的关系不至于近到姐弟或者是姐妹，很可能是表亲。但是我认为这条线索值得调查下去。”

“是啊，”波洛说，“任何事都有可能发生，深埋多年的事会突然从过去浮现，呈现在人们眼前。这就是别人告诉过我的：旧时的罪孽有着长长的阴影。“

“在我看来，”奥利弗夫人说，“事实可能并不是这样的，也有可能老保姆玛恰姆夫人的回忆并不准确，甚至她根本就记错了人。但这有可能跟文学午宴上那个讨厌的女人对我讲的话有关。”

"您是说她想知道……"

"是的。她想让我从那个女儿——我的教女身上问出来，究竟是她母亲杀了她父亲，还是她父亲杀了她母亲。"

"她认为那女孩可能知道？"

"嗯，她很可能知道。我是说，不是当时就知道——当时人们可能瞒着她——但她可能会知道一些相关的事，关于她父母当时的生活状态或是谁有可能杀了他们。只是她从未对任何人说起过。"

"还有您说的那个女人——那个什么夫人——"

"我现在已经忘了她的名字了，好像是伯顿夫人什么的。她说她儿子想和女友结婚。我能理解她，她想知道自己准儿媳的家庭中父亲或母亲一方是不是有什么犯罪前科，或者是不是有精神病遗传。她可能认为如果是准儿媳的母亲杀了父亲的话，那她儿子娶这个姑娘就是很不明智的决定。但如果是那女孩的父亲杀了她母亲的话，她可能就不会那么介意了。"奥利弗夫人说。

"您是说那位夫人认为遗传会随母亲？"

"嗯，她可不是那种很聪明的女人，专横无理。"奥利弗夫人说，"她自认为知道很多事，但实际并不是这样。我认为如果你是女人的话，你也会这么想的。"

"这是一种很有趣的想法，不过很有可能。"波洛说，"我觉得我们还有很多事要做。"

"我还听到了另一些侧面消息。是同一件事，但已经是二手消息了，我想你应该懂我的意思。有人说，雷文斯克罗夫特夫妇好像收养了一个孩子。孩子被收养后，他们对那个孩子非常上心。他们自己的孩子在马来亚夭折了。后来，那孩子的生母上门想要回孩子，双方还打了官司。法庭把孩子的监护权判给了雷文斯克罗夫特夫妇，那个生母心中不服，企图用绑架的方式夺回孩子。”

“您的记录中有些更简单直接的疑点，我对那些更感兴趣。”波洛说。

“例如？”

“假发，四顶假发。”

“我想那确实引起了你的兴趣，但我不明白。”奥利弗夫人说，“那好像并不意味着什么。另外一个故事是关于精神病人的。有位精神病人被送进了精神病院，因为他们杀了自己或是别人的孩子，只是为了某些荒谬疯狂的理由。我不明白为什么这会使雷文斯克罗夫特将军夫妇想要自杀。”

“除非他们中的一人被牵扯进去了。”波洛说。

“你的意思是，将军可能杀了人，杀了一个孩子，他妻子或是他自己的私生子？不，我觉得我们想的有些离谱了。要不就是将军夫人杀了她丈夫或她自己的私生子？”

“还有，”波洛说，“人们看上去的样子，往往就是他们真实的样子。”

“你是说——？”

“他们看上去是一对深爱彼此的夫妇，没有争吵，相亲相爱地生活在一起。他们看上去没有比去伦敦看病或是需要动手术更严重的病，没有癌症、白血病或类似疾病的迹象。他们没有无法面对未来的理由。但是到现在为止，我们得到的信息都是关于能发生什么而不是会发生什么的。如果当时还有别的了解情况的人在房子里，比如我的那位警察朋友，他会说那些人讲的事都符合事实。但出于某种原因，将军夫妇就是不想继续活下去了，为什么呢？”

“我认识一对夫妇，”奥利弗夫人说，“在二战期间，他们以为德国人将要入侵英格兰。于是他们决定，如果那种情况真的发生了，他们就一起自杀。我对他们说，这种想法太愚蠢了。但他们告诉我，在那种情况下他们不可能活得下去。这种想法看起来还是很愚蠢。人得有足够的勇气支撑着你应对任何事。我是说，你的死对别人也没什么好处。我很好奇——”

“是的，您好奇什么？”

“我刚才说那句话的时候突然想到，雷文斯克罗夫特将军夫妇的死会不会使某些人获益？”

“您是指有人会因为他们的死而继承财产？”

“是的。也可能不是那么明显的收益。也许某些人会有机会生活得更好一些。将军夫妇的生活中可能有些事情永远都不想让他们的两个孩子知道。”

波洛叹了一口气，说道：“您的问题在于，您总在想可能发生的事。您有很多想法，全是关于可能发生的情况，但它们并不是真的会发生的事。为什么？为什么将军夫妇非要去死？他们无病无痛，也没有常人能看见的不幸。那么究竟为什么，在一个美丽的傍晚，当他们带着狗去悬崖边散步时……”

“这跟那条狗有什么关系？”奥利弗夫人问。

“嗯，我想了一阵子。他们是带着那条狗去散步的，还是那条狗跟着他们去的？那条狗怎么也被牵扯进来了？”

“我想就像那些假发一样，”奥利弗夫人说，“只是另一件无法解释也讲不通的事。我的一位‘大象’说那条狗对雷文斯克罗夫特夫人很忠诚，但另一位却说它咬伤过夫人。”

“人总是会回忆起相同的事情。”波洛又叹了一口气说，“人总想了解更多，总想更深入地了解别人。但你怎么可能跨过时间的鸿沟去了解一个人呢？”

“你就这么做过一两次，不是吗？”奥利弗夫人说道，“就是那件油漆匠被枪杀或毒杀的案件。那是在海边一个防御工事之类的地方吧。尽管一个当事人都不认识，你还是找出了凶手。”

“没错。我确实一个当事人也不认识，但我从在那儿的其他人那里了解了他们的情况。”

“嗯，这正是我努力在做的。”奥利弗夫人说，“只是我没法离真相再近一步。我接触不到任何一个知情人，或是被牵涉其中的人。你觉得我们是不是应该放弃了？”

“我想放弃是很明智的。”波洛说，“但总有某个时刻，人们并不想明智。他们想要了解更多。我现在对那对和蔼可亲的将军夫妇很感兴趣。他们还有两个孩子吧？我想他们一定很可爱。”

“那个儿子我不太了解。”奥利弗夫人说，“我没见过他。你想见我的教女吗？如果你愿意的话，我可以让她来见你。”

“是的，我愿意见见她。也许她不愿意来这儿见我，但我们可以在别的地方见面。我想这一定会很有意思。我还想见另一个人。”

“噢！是谁呢？”

“文学午宴上的那个女人，您那位专横无理的朋友。”

“她才不是我的朋友呢。”奥利弗夫人说，“她只是过来跟我说了几句话，仅此而已。”

“您还能重新联系上她吗？”

“当然了，那很容易。我想她可能会高兴得跳起来呢。”

“我想见见她。我想了解为什么她想知道那些事。”

“好的，我想跟她见面也许会有用。总之——”奥利弗夫人叹了口气说道：“我应该高兴，终于能从追寻大象的工作上停下休息一阵了。

保姆——你知道，就是那个我提到过的老保姆——她提到了大象，还说大象从不忘事。这句傻兮兮的话已经开始萦绕在我脑海里了。好了，你得去找更多大象了，轮到你了。”

“那您呢？”

“也许我会去找找天鹅吧。”

“老天啊[1]，怎么又扯上天鹅了？”

“那只是老保姆让我回忆起的一些事。小时候我常常跟两个小男孩一起玩儿，他们一个叫我大象小姐，另一个叫我天鹅小姐。当我是天鹅小姐时，我会假装在地板上游来游去。当我是大象小姐时，他们会骑在我的背上。在这件案子中，并没有什么天鹅。”

“幸好如此。”波洛说，“大象已经足够了。”

①原文为法语，Mon dieu ——译者注

第十章　德斯蒙德

两天后的上午，赫尔克里·波洛一边喝着热巧克力，一边读着一封信。他收到了很多信，但这一封却引起了他的兴趣，他这已经是第二遍读这封信了。信的字迹很是工整，信的内容也一点儿没让人感到世故。

亲爱的波洛先生：

恐怕您会对我的来信感到有些意外，但我相信在我提到您的一位朋友之后，就不会如此了。我试图跟她联系，请她帮我安排一次和您的会面。但很遗憾，她已经出门了。她的秘书——我是说小说家阿里阿德涅·奥利弗夫人——她的秘书好像说了些关于她去东非打猎的事。如果是这样的话，我想她可能在短时间内无法回来。但我坚信她会帮助我的。我很希望能够和您见面，因为我急需得到您某些方面的建议。

据我了解，奥利弗夫人和我母亲认识，她们是在一个文学午宴上认识的。如果您能给我一次拜访您的机会，我将不胜感激。随时恭候您的安排。我不知道这究竟会不会有所帮助，但奥利弗夫人的秘书确实提到了“大象”一词。我想这和奥利弗夫人此次东非之行有关。秘书说的话像是某种密码，我没太明白她的意思，但我想也许您会明白。我现在很焦虑，也很担忧。如果您能见我的话，我会感激不尽。

您忠诚的

德斯蒙德·伯顿－考克斯

“我的老天啊[①]！”波洛说。

“您说什么，先生？”乔治问道。

“我只是随便说说。”波洛说，“有些事一旦侵入了你的生活，你就再也摆脱不了了。对我来说，好像都是大象带来的问题。”

波洛离开了餐桌，叫来他忠诚的秘书莱蒙小姐，把德斯蒙德的信交给了她，并让她安排会面时间。

“我现在不太忙，”他说，“就安排在明天吧。”

莱蒙小姐提醒波洛事先已经安排了两个预约，但她仍认为在那两个预约之后波洛还有充分的时间，并表示她会把会面按照波洛的需要安排妥当。

“是什么跟动物园有关的事吗？”莱蒙小姐问道。

“跟动物园没什么关系。”波洛说，“别在你的回信中提起大象，有很多别的事可以提。大象是巨大的动物，它们会占去很大空间。嗯，不用提起大象。它们肯定会在我即将和德斯蒙德·伯顿－考克斯先生

①原文为法语，Nom d’un petit bonhomme ——译者注

的谈话中再次出现的。”

“德斯蒙德·伯顿－考克斯先生到。”乔治一边通报，一边将这位波洛期待的客人引了进来。

波洛站在壁炉旁，沉默了一会儿，然后向客人走去。他在脑海里理出了对这位客人的第一印象：一个有些紧张却充满活力的人，有些不知所措但又很成功地掩盖住了自己的情绪。这很正常。波洛一边想着，一边伸出了手。

“赫尔克里·波洛先生吗？”

“正是在下，”波洛说，“你就是德斯蒙德·伯顿－考克斯吧。请坐，告诉我我能为你做些什么？你为什么要来见我？”

“一言难尽。”德斯蒙德·伯顿－考克斯说。

“许多事都难以解释，”波洛说，“但我们有的是时间。请坐吧。”

德斯蒙德满是怀疑地打量着对面的这个人。他想，真是一个有些滑稽的人啊，鸡蛋一样的脑袋上还留着小胡子，看上去很普通的样子。实际上，波洛并不是他想象的那样。

“您——您是一名侦探，对吗？”他说，“我是说，您——调查事情，人们会委托您查出一些事情的真相。”

“是的，那是我的工作。”波洛说。

“我想您对我不甚了解，对我来找您的目的也不太清楚。”

“我多少知道一些。”波洛说。

“您是指奥利弗夫人，您的朋友奥利弗夫人吧。她跟您提起过什么吗？”

“她告诉我，她去见了她的一个教女，西莉亚·雷文斯克罗夫特小姐。是这样吗？”

“是的，西莉亚跟我说了。这位奥利弗夫人，她——她也认识我母亲——她很了解我母亲吗？”

“不，我认为她们不熟。据奥利弗夫人讲，她和你母亲是在前不久的一次文学午宴上遇见的，就随便聊了几句。我想，你的母亲向奥利弗夫人提出了某个请求。”

“她没有权利这么做。”德斯蒙德说。

他的眉毛几乎耷拉到了鼻子，看起来十分生气，好像和他母亲有深仇大恨一样。

“真的，”他说，“做母亲的——我是说——”

“我能理解，”波洛说，“你最近有很多烦恼，也许很久以来一直是这样。当母亲的总是会不停地做一些孩子们不愿意她们做的事。我说的对吗？”

“您说的很对。但是我的母亲——我是说，她会插手那些跟她一点关系都没有的事。”

“我想，你和西莉亚·雷文斯克罗夫特小姐是很亲密的朋友吧？奥利弗夫人从你母亲那里得知你们俩要结婚了，也许就在不久的将来？”

“是这样的。但我母亲真的没有必要去打听那些根本与她无关的事情。她完全是在自寻烦恼。”

“但是母亲们就是这样的。”波洛说完淡淡地笑了笑。他又说道：“也许，你很依恋你的母亲？”

“不是那样的。”德斯蒙德说，“我完全不觉得我依恋她。您瞧——我最好直接告诉您，她其实不是我真正的母亲。”

“噢，这样啊。我没太懂你的意思。”

“我是被收养的。”德斯蒙德说，“她之前有个儿子，很小的时候就死了。之后她想收养个孩子，所以她收养了我。她像对待亲生儿子一样待我，抚养我长大。一直以来她都跟别人说我就是她的儿子，我也一直这样认为。但其实我真的不是。我们一点也不像，甚至连看事情的角度都不一样。”

“这很容易理解。”波洛说。

“我好像扯得有点远了。”德斯蒙德说，“本来我来见您是有其他事向您请教的。”

“你想让我去做某件事，找出某个答案，从而解决一系列的疑问？”

“我想基本就是这样了。我不知道您对整件事了解多少。”

“我只知道一点皮毛，”波洛说，“没什么细节。我不怎么了解你和雷文斯克罗夫特小姐，我还没见过她。我倒是很想见见她。”

“是吗？我原本打算带她一起来见您，但我想最好还是自己先来。”

“嗯，这很合理。”波洛说，“你正在为某件事烦恼，或是担忧？你有什么难处吗？”

“那倒不是。不，没什么难处。是这样的，很多年前发生了一件事。那时西莉亚还是个孩子，最多不过是在上学。那时发生了一件惨案——就是那种随处可见的惨案。有这样的两个人，因为某件事使得他们非常不安，之后他们就一起自杀了。这件事是一个自杀约定。没人知道是怎么回事，但有什么原因它确实发生了。我认为，他们的孩子不应该被牵扯进去。我是说，人们已经了解了事实，那就够了。况且，这件事真的是跟我母亲半点关系都没有。”

“当你走过人生的旅程，”波洛说，“你会发现很多人热衷于纠缠与自己无关的事。他们对那些事的关心甚至远远超过了他们自己身在其中的那些事。”

“但这一切都结束了，没人知道那件事的真相。可是您看，我母亲一直在问各种各样的问题。她想知道些真实情况，但却把西莉亚牵扯了进来。她已经搞得西莉亚都不确定是否想和我结婚了。”

“那你呢？你还确定想跟她结婚吗？”

“是的，我当然确定。我是说我当然想跟西莉亚结婚。我很坚定地想要娶她。但她现在很不安，她想搞清楚一些事情。她想搞清楚为什么这一切会发生，而且她认为——我很确定她的想法是错误的——她认为我母亲知道一些关于那件事的情况，或是她听说过什么。”

“我很同情你。”波洛说，“但是在我看来，如果你是一个理智的年轻人，而且还想和西莉亚结婚的话，那么你就应该按照你自己的想法去做。通过调查，我已经了解了一些关于那起惨案的情况。就像你说的，那件事发生在很多年以前，也一直没有什么圆满的解释，从来没有过。在生活中，这样的惨案并不是都能得到令人信服的解释的。”

“那是一起约定自杀，”德斯蒙德说，“没有别的可能了。但是——嗯……”

“你想知道原因，对吗？”

“是的，就是这样。西莉亚一直都想知道，现在弄得我也开始想知道了。当然了，就像我说过的，我母亲也十分想知道，尽管那件事跟她并没有关系。我认为任何人都没有错。我是说，当时并没有什么争吵之类的。问题在于，当然了，我们不知道。我的意思是，我本来也不可能知道什么，因为我那时并不在场。”

“你那时不认识雷文斯克罗夫特将军夫妇或是西莉亚吗？”

“我从很小的时候就认识西莉亚了。小时候，我只有在学校放假的时候才回家，西莉亚家就在我家隔壁。那时我们都还是小孩子。我们俩很要好，总在一起玩儿。在那之后，我有很多年没有见过她。她的父母和我的父母都去了马来亚。我想他们又在那儿相遇了——我是指我们两家的父母。顺便告诉您，我的父亲已经去世了。但是我想，在我母亲还在马来亚的时候，她听说了些什么，现在她又想起来了，然后就对那件事产生了兴趣。她认为过去的结论可能有误，便很执着地去追问了西莉亚。我想知道究竟发生过什么，西莉亚也一样。事情究竟是怎么发生的？又是因为什么发生的？肯定不仅仅是人们口中那些不着边际的故事。”

“是啊。”波洛说，“你们两个会这么想很自然。我想西莉亚应该比你更想知道真相，她因为那件事遭受的困扰要远大于你。但是请允许我这么说，这件事真的这么重要吗？重要的应该是眼前的事，是当下。你想娶这个姑娘，她也想嫁给你，这跟过去有什么关系呢？她的父母双双自杀，或者死于空难，或者其中一人在意外中身亡后另一人自杀，又或者他们是否跟别人有暧昧，从而影响到了两人的生活，导致了不幸。这重要吗？”

“是的，”德斯蒙德·伯顿－考克斯说，“是的，我认为您说得很有道理。但是——事情已经变成现在这个样子，我一定得让西莉亚感到满意。她——她是那种会很在乎每一件事的人，尽管她不会总挂在嘴边。”

“你有没有想过，”赫尔克里·波洛说，“想要找出真相会非常困难，几乎不可能。”

“您是说他们俩究竟是谁杀了另一个，或是因为什么？应该不会很难吧，除非——除非还有其他的内情。”

“是的。但是那些内情也是过去发生的事了，跟现在又有什么关系呢？”

“是不应该有什么关系——也不会有什么关系。但是谁让我母亲不断干涉，到处打听呢。我猜西莉亚从来没有对那件事多想过。惨案发生的时候她正在瑞士上学，没有人告诉她太多细节。当你还是个十几岁或更小的孩子时，你只会接受生活中发生的所有事，但那并不能怪你。”

“你难道不认为找出真相是不可能的吗？”

“我想请您查出真相。”德斯蒙德说，“也许您做不到，或是您并不愿意——”

“我并不反对找出真相，”波洛说，“事实上我曾经对那件事产生过某种好奇心。惨案是悲伤的事，让人感到惊讶、震惊、悲痛，这都是人的悲剧，是人要面对的事。如果有人注意到这些并想要知道真相，那真是再自然不过的事了。我要说的是，旧事重提真的是明智和必要之举吗？”

“也许不是。”德斯蒙德说，“但是您看……”

“还有，”波洛打断了他的话，说，“你难道不同意我的说法吗？时隔这么多年，想要查清一切几乎不可能。”

“不，”德斯蒙德说，“这正是我不同意您的地方。我认为很有可能。”

“非常有意思，”波洛说，“为什么你认为很有可能呢？”

“因为——”

“因为什么？给我个理由。”

“我认为会有人知道。我认为如果他们愿意开口的话，会有人告诉您一些事。他们不愿意告诉我或西莉亚，但您不一样，您也许能从他们嘴里了解到什么。”

“很有意思。”波洛说。

“过去确实发生过一些事。”德斯蒙德说，“我大概听说过一些。好像有谁得了精神病，我不知道究竟是谁。我想也许是雷文斯克罗夫特夫人，她好像在精神病院住了几年，挺长的一段时间。她年轻时好像发生过什么很悲惨的事，有个孩子死了，或是出了意外。有些事——呃，她好像跟那件事有点儿关系。”

“我猜，这些都不是你自己本来就知道的吧？”

“是的，这都是我母亲告诉我的，不过，她也是道听途说。可能是在马来亚的时候听到的，都是人们的闲话。您知道，军队里的人都爱凑到一起，太太们也就经常会在一起说说闲话。她们聊的那些事可能根本就不是真的。”

“所以你想知道它们究竟是不是真的？”

“是的，但我自己无法找出真相，至少现在不行。因为所有事情都发生在很多年以前，我不知道该去问谁。但是，除非我们真的找出真相，以及事情发生的原因……”

“你的意思是，”波洛说，“当然我只是在猜测你的想法，但是我认为我是对的。除非西莉亚确定她没有从她母亲那里遗传到任何精神方面的疾病，否则她是不能嫁给你的。对吗？”

“我想这就是现在她脑子里的念头。而且我认为，这个念头是我母亲塞进她脑子里的。我母亲非常想弄清楚那些事。其实，我认为我母亲根本就没有必要相信那些传言，因为那不过是人们的一些恶意的想法和闲言碎语罢了。”

“这件事要调查起来可不容易。”波洛说。

“是的，但我听说过您的事。人们说您很擅长查出过去究竟发生过什么，您知道如何向别人提问才能让他们告诉您想知道的事情。”

“你觉得我该去问谁呢？当你提到马来亚的时候，我想你指的不是马来亚的当地人吧。你指的是那个随军人出国的太太们还存在的年代，那时在马来亚还有部队。你是指那些部队中的英格兰人，和在他们之间流传的闲言碎语。”

“也许我说的那些现在并没有什么价值了。我想当时嚼舌根的那些人可能已经什么都不记得了，又或者已经不在人世了，毕竟已经过去了这么多年。我想我母亲听到的很多事都是错误的，而她听到之后，又在自己的头脑里添油加醋，胡思乱想。”

“你仍然认为我能够——”

“我并不是说希望您去马来亚调查，我是说，当年那些人现在也应该都不在那里了。”

“所以你认为你没办法提供给我一些名字？”

“我不知道那些人的名字。”德斯蒙德说。

“但是某几个人的名字呢？”

“呃，我应该说得更清楚一些。我想有两个人可能知道究竟发生过什么以及发生的原因。因为她们当时就在那里。她们知道，确实知道，而不是道听途说。”

“你自己不想去找她们？”

“我可以去。从某个角度来说，我已经去过了，但是我觉得……她们不会……我不知道。我不会直接去问别人一些我想问的事情，我想西莉亚也一样。她们都是很好的人，这就是我认为她们会知道事情真相的原因。不是因为她们令人厌恶，不是因为她们爱讲闲话，也不是因为她们曾经导致那件事的发生。恰恰相反，她们可能做了些什么让事情往积极的方向发展，或者她们试图那样做，只是没能成功。唉，我没法说清楚。”

“不，”波洛说，“你已经说得很清楚了，我很感兴趣，而且我认为你已经有了些明确的想法。告诉我，西莉亚·雷文斯克罗夫特同意你的看法吗？”

“我没有跟她说太多，您看，她很喜欢玛蒂和泽莉的。”

“玛蒂和泽莉？”

“噢，对，那是她们俩的名字。我必须解释一下，之前我没有说清楚。当西莉亚还是个孩子的时候——也就是我刚认识她的时候，就像我说过的，我们是邻居。那时候她有个法国的——呃，我想现在我们称为住家女仆，但当时却叫家庭女教师。一位年轻的小姐[1]。她人很好，会跟我们这些孩子一起玩儿。西莉亚总是叫她玛蒂，其他人也就都这么叫她了。”

“啊，是的，一位年轻的小姐。”

“是的。您看，她是法国人，所以我想也许她会告诉您一些她知道的事情，那些她不愿意告诉别人的事。”

“可能会是这样。那你提到的另一个人呢？”

“泽莉，跟玛蒂差不多，也是位年轻小姐。我想玛蒂在他们家待了两三年，然后她就回法国去了，也可能是瑞士。之后泽莉就来了。她比玛蒂年轻漂亮，还很有趣，我们都非常喜欢她。她跟我们一起玩各种游戏，雷文斯克罗夫特一家也都喜欢她。将军常常跟她一起玩皮克牌[2]，还有很多其他的游戏。”

“雷文斯克罗夫特夫人呢？”

“她也特别喜欢泽莉，泽莉对她很忠心。这就是为什么泽莉离开将军家之后又回来了。”

“回来？”

“是的，在雷文斯克罗夫特夫人生病住院期间，泽莉回来陪着她、照顾她。我不知道，但是我想那起惨案发生的时候，泽莉就在那儿。

---

①原文为法语，mademoiselle ——译者注

②皮克牌，一种流行于十六世纪的纸牌游戏，供两人玩——译者注

所以，您看，她一定知道——究竟发生了什么。”

“你有泽莉的地址吗？现在的住址？”

“是的，我知道她现在住在哪儿，我有她的地址。玛蒂和泽莉的地址我都有。我想也许您该去见见泽莉，或者去见见她们俩。我知道这是个不情之请——”德斯蒙德突然停住了。

波洛盯着他看了几分钟，然后说道，“我确实有很多事要问她们。”

卷二　长长的阴影

第十一章 加洛韦总警长与波洛讨论案情

加洛韦总警长眨着眼睛，看着坐在桌子对面的波洛。乔治为加洛韦送来一杯加了苏打水的威士忌，又为波洛倒上一杯深紫色液体。

“你喝的是什么？”加洛韦警长饶有兴致地问道。

“黑加仑酒。”波洛说。

“好吧，”加洛韦警长说，“每个人都有自己的喜好。斯彭斯是怎么跟我说的来着？他跟我说你过去常常喝一种叫草本茶的东西，对吗？那是什么？是法国钢琴还是什么玩意儿的别称吗？”

“不是，”波洛说，“但它对退烧有奇效。”

“啊，是种给病人喝的药啊。”他举起杯子一饮而尽，“那让我们为自杀干杯！”

“那件案子是自杀吗？”波洛问。

“还能是什么？”加洛韦总警长说，“瞧瞧你想知道的那些事儿！”他一边说一边摇着头，脸上的笑容愈发明显。

“我很抱歉，”波洛说，“给您带来这么多麻烦。我就像吉卜林先生[①] 故事中的动物和孩子一样，忍受着无法遏制的好奇心带来的折磨。”

“无法遏制的好奇心。”加洛韦总警长说，“吉卜林写了很多很棒的故事，他知道该怎么写书。有人告诉我，如果一个人能绕着一艘驱逐舰走一圈，那他对这艘驱逐舰的了解可能会比皇家海军中的顶级工程师还要深刻。”

“唉，我可不是什么事都知道。”波洛说，“因此，您看，我不得不问您很多问题。恐怕我会给您一份很长的问题清单。”

“让我感兴趣的是，”加洛韦总警长说，“你是如何从一件事跳到不相关的另一件事的。精神病医生，医生的报告，钱是怎么处理的，谁得到了钱，谁想得到钱却没有得到，女士发型、假发、假发厂商的名字。顺便说一下，现在的假发都被装在玫瑰色的纸盒里了。”

“您知道所有的事情，”波洛说，“这让我感到惊奇。”

“那是件谜一样的案子。当然了，我们对每个案件都做了记录。虽然对我们来说并没有什么用，但我们还是会保留所有案件的调查档案，以免有人想要查阅这些资料。”

加洛韦总警长把一张纸从桌上推了过去。

“你自己看吧。这是理发师，店在邦德街，很贵，叫作尤金和罗森特拉。后来他们搬到了斯楼恩街，这是地址。原地址的店铺现在已经是一家宠物店了。当年店里的两个助理已经在几年前退休，他们当时可是一流的，雷文斯克罗夫特夫人也在他们的客户名单上。店主罗森特拉现在住在切尔滕哈姆，她还在做这门生意。她现在称自己为发型师——这可是时下最流行的词——你还可以称自己为美容师。就像我

---

①约瑟夫·鲁德亚德·吉卜林（Joseph Rudyard Kipling），英格兰作家及诗人，出生于印度孟买，主要著作有儿童故事《丛林奇谭》（*The Jungle Book*）——译者注

年轻时常听人说的那样，就像同一个人戴不同的帽子一样。”

“啊哈！”波洛说。

“为什么要说‘啊哈’？”加洛韦问道。

“太感激您了。”波洛说，“您的话给了我一个灵感。事情真是奇妙，人的脑袋里会突然闪现出灵感。”

“你自己的脑子里已经有很多想法了，”加洛韦总警长说，“问题就在这儿——你不需要更多的灵感。好了，我已经尽我所能查过雷文斯克罗夫特一家的家族史，没什么特别的。阿里斯泰尔·雷文斯克罗夫特是苏格兰裔，他的父亲是个牧师，两个叔叔都是卓越的军人。他的妻子，玛格丽特·普雷斯顿－格雷，出身高贵，有王室血统。两人都没有任何家族丑闻。你之前得到的消息是正确的，她确实是双胞胎之一。真不知道你是从哪儿得到的这个消息。多罗西娅·普雷斯顿－格雷和玛格丽特·普雷斯顿－格雷，人们都叫她们多莉和莫莉，她们一家住在萨塞克丝的哈特斯－格林。她们是同卵双胞胎，经历的都是那些同卵双胞胎会经历的事——同一天换牙，同一个月得猩红热，穿一样的衣服，爱上同一类型的男人。她们俩差不多同时结婚，丈夫也都是军人。她们家的私人医生几年前去世了，所以从他那里了解不到什么了。早年间倒是有一起惨剧，跟她们两人中的一个有关系。”

“是雷文斯克罗夫特夫人吗？”

“不，是多罗西娅。她嫁给了一个叫作贾罗的上尉，有两个孩子，小的那个是个男孩。在那个小男孩四岁的时候，被一辆手推车或是小孩的玩具车一类的东西撞倒了——也可能是一把铁锹还是锄头之类的东西。他被砸到了头，之后掉进池塘里淹死了。看起来是那个年龄大一点儿的孩子干的，一个九岁的小女孩。当时他们两个正在一起玩儿，然后争吵起来，就是小孩子之间的那种争吵。这个故事看上去没什么疑点，但是还有另一种说法，有人说其实是孩子们的母亲干的。那个小男孩惹他母亲生气，然后她就砸了他。还有人说是一个住在隔壁的女人干的。我觉得这件事跟多年以后的那件案子没什么关系，就是和那母亲的妹妹夫妇俩的自杀约定没什么关系。”

“是的，”波洛说，“看起来确实没什么关系。但是我喜欢了解事件的背景。”

“对，”加洛韦说，“就像我说的，我们必须要往回看。我们之前应该没有想到会追溯到这么久的过去。我的意思是，这些事都发生在雷文斯克罗夫特自杀案的很多年以前。”

“关于这件案子，当时有什么后续吗？”

“有，我查了这件案子的资料。当时的报纸上有各种各样的报道，也有很多质疑。这件事对那孩子的母亲影响很大，她的精神完全崩溃了，不得不住院治疗。人们还说，自从那件事以后她跟以前判若两人。”

“大家都认为是她干的？”

“嗯，医生是这么想的，但是没有直接证据。她声称她从窗户看到了发生的一切，九岁的女儿拿东西砸了她弟弟，然后把他推进池塘里。但是她的描述——我认为医生当时没有相信她，因为她的叙述简直疯狂。”

“我猜那时有一些关于她患精神病的证据？”

“是的。她曾去过一家疗养院或是精神病院之类的地方，她肯定有些精神上的问题。她在一两家医院都接受过很长时间的治疗，还曾经接受过圣·安德鲁医院精神科大夫的特别护理。最终，在三年之后，医院宣布她已经痊愈，并让她回家和家人一起过正常的生活。”

“那之后她一切正常？”

“我想她一直都神经兮兮的。”

“那起自杀案发生的时候她在哪儿？她是和雷文斯克罗夫特将军一

家住在一起吗？”

“不，多罗西娅在那起惨案发生之前的三周左右就死了，那时她正和将军一家一起住在欧克雷夫。这件事又一次说明了同卵双胞胎相似的命运。那时她好像在梦游——她有这个毛病已经很多年了，还因此发生过一两起小意外。有时候她吃的安眠药太多，导致她半夜在屋里到处走，有时甚至还会走到屋外。那天晚上，她沿着悬崖边的一条小路梦游，一脚踩空就跌下了悬崖，当场死亡，直到第二天他们才发现她的尸体。她的妹妹雷文斯克罗夫特夫人非常伤心，因为她们感情十分深厚。后来她经受不起打击而被送进了医院。”

“这件惨案有可能是雷文斯克罗夫特将军夫妇几周后双双自杀的原因吗？”

“没有任何证据表明如此。”

“就像您说的，双胞胎之间总会发生些奇怪的事。雷文斯克罗夫特夫人也许因为自己孪生姐姐的去世而自杀，也许之后她的丈夫感到内疚，就也自杀了——”

加洛韦警长说：“波洛，你想得太多了。阿里斯泰尔·雷文斯克罗夫特是不可能在没有人知道的情况下和他妻子的姐姐之间有什么暧昧的。根本没有那种事——如果那就是你的猜想的话。”

这时电话响了，波洛站起身接了电话。是奥利弗夫人。

“波洛先生，明天你能来喝杯茶或喝杯雪莉酒吗？我约了西莉亚，之后还约了那个专横无理的女人。你想见见她们，对吗？”

波洛说这正是他希望的。

“我得再加把劲了，”奥利弗夫人说，“我要去见一匹老战马——他是我的一号大象朱莉娅·卡斯泰尔斯告诉我的。我想她把他的名字搞错了——她总这样——但我希望至少她给我的地址是正确的。”

第十二章　西莉亚见到波洛

“奥利弗夫人，”波洛说，“您和雨果·福斯特先生的事进展如何？”

“首先，他的名字并不是福斯特，而是福瑟吉尔。肯定是朱莉娅记错了，她总这样。”

“所以大象也会把名字搞错咯？”

“可别提大象，我真是受够大象了。”

“那您的战马呢？”

“那是匹老马了，但是作为信息的来源却一点儿用都没有。他深信不疑地告诉我，在马来亚是一个巴尼特家的孩子死于一场意外。和雷文斯克罗夫特一家一点关系都没有。我跟你说我已经受够大象了——”

“夫人，您已经相当锲而不舍、令人起敬了。”

“西莉亚大概半小时之后到。你想和她见面，对吗？我已经告诉她你在——嗯，帮我处理这件事，还是你更希望她单独跟你见面？”

“不用，”波洛说，“我想我喜欢您这样的安排。”

“我想她并不会在这待很久。如果和西莉亚的见面大概一个小时就能结束的话，那一切都没什么问题。我只是提前计划一下时间。在那之后伯顿－考克斯夫人就要来了。”

“啊，是的。那会很有意思，非常有意思。”

奥利弗夫人叹了口气，说：“真可惜，不是吗？我们的素材太多了，对吗？”

“是的，”波洛说，“我们并不知道究竟在找什么。我们所知道的仅仅是一对夫妇过着美满祥和的日子，却突然双双自杀。然而我们并没有找到什么起因或是动机。我们上下左右，把所有可能都找了一个遍。”

“确实如此，”奥利弗夫人说，“我们找了所有地方。”之后她又加了一句，“但是我们还没找过北极呢。”

“也没找过南极。”波洛说。

“所以我们现在都有什么线索呢？”

“各种各样的线索。”波洛说，“我列了一张清单。您想看看吗？”

奥利弗夫人过来坐到波洛身边，越过他的肩膀看着那张清单。

“假发，”她指着清单中的第一项说，“为什么假发是第一项？”

“四顶假发，”波洛说，“看起来很有意思。不仅有意思，还很难解释。”

“当初卖给她假发的商店已经改行了。人们现在已经不去那样的商店买假发，而且也没有人总戴着假发了。过去人们常常戴着假发出国，因为这样可以省掉长途旅行中的很多麻烦。”

“是的，是的。”波洛说，“我们只能尽力查查假发这条线索了。不管怎样，这件事让我很感兴趣。接下来还有其他的故事，雷文斯克罗夫特家族中精神病的故事。关于那对孪生姐妹其中一个由于精神不稳定，在精神病院住了很多年的故事。”

“这个故事好像并不能说明什么。”奥利弗夫人说，“我是说，尽管她有可能会开枪射杀雷文斯克罗夫特夫妇二人，但我想不出她这么做的理由。”

“不，”波洛说，“据我了解，那把左轮手枪上肯定只有雷文斯克罗夫特将军夫妇的指纹。除此之外，还有一个关于孩子的故事，一个孩子在马来亚被杀了或是被攻击了，也许是雷文斯克罗夫特夫人的双胞胎姐姐干的，也有可能是个保姆或仆人干的。还有一点，我们对于钱的事情知道得太少了。”

“怎么又冒出钱的问题了？”奥利弗夫人有些惊讶地说道。

“不是冒出来了，”波洛说，“这就是有意思的地方。钱总会被牵涉进来。因为那起自杀事件，也许有些人会得到钱，也许有些人会失去钱。钱会导致很多困难和麻烦，钱也能引发贪婪和欲望。这很难说，很难。看起来，这件事中似乎没有牵涉到任何大额金钱，但却有很多其他关于将军夫妇各自婚外暧昧关系的说法——有吸引将军的年轻女人，也有让夫人动心的年轻男人。夫妻双方都可能有婚外情，这很可能会导致自杀或谋杀，事情经常是这样。接下来就是让我现在最为感兴趣的一点了，这也是我如此迫切地想与伯顿－考克斯夫人见面的原因。”

“啊，那个可怕的女人。我不明白你为什么认为她如此重要。她只不过是个爱多管闲事的人，还希望我去找出事情的真相。”

“是的，但为什么她想让您找出事情的真相呢？在我看来，这很奇怪。看上去她非要知道过去那件事的前因后果不可。您看，她是所有事情之间的联系。”

“联系？”

"是的。我们还不知道她把什么联系到了一起，或是怎样把一切联系到一起的。我们只知道她急切地想要知道更多关于那起自杀案的细节。她联系着你的教女西莉亚，也联系着她的儿子，德斯蒙德。但德斯蒙德并不是她的亲骨肉。"

"你说什么？不是她的亲骨肉？"

"德斯蒙德是被收养的，"波洛说，"因为她的亲生儿子死了，所以她才收养的他。"

"她的亲生儿子怎么死的？为什么会死？什么时候死的？"

"我也在问自己同样的问题。她是一切事情的联系，可能是某种情感上的联系。也许她有一种因恨而生的复仇愿望，也有可能因为她被牵扯进了某些风流韵事。不管怎样，我一定要见她，我下定了决心一定要见她。是的，我认为与她见面是极为重要的。"

这时门铃响了起来，奥利弗夫人出去开门。

"我想应该是西莉亚，"奥利弗夫人说，"你确定这样的见面没问题吗？"

"对我来说没问题。"波洛说，"我希望对她来说也没什么问题。"

几分钟以后，奥利弗夫人和西莉亚·雷文斯克罗夫特一起回来了，西莉亚一脸怀疑。

"我不知道，"她说，"我应不应该——"她停住了，盯着赫尔克里·波洛。

"我来给你介绍一下，"奥利弗夫人说，"这就是正在帮助我的人，赫尔克里·波洛先生。我希望他也能帮到你，帮你找出你想知道的那件事的真相。波洛先生在寻找真相这方面有些特殊的天分。"

"噢。"西莉亚说。

她一脸狐疑地看着波洛鸡蛋一样的脑袋，过度浓密的胡子和他矮小的身材。

“我想，”西莉亚仍然充满怀疑地说，“我听说过他。”

赫尔克里·波洛费了点劲才忍住没有说出“几乎所有人都听说过我”。其实现在已经不完全是这样了，因为很多听说过或认识他的人都已经在教堂墓地里的墓碑下静静地睡去了。

波洛说：“小姐，请坐。我来做个自我介绍。一旦我开始调查，就一定会追查到底。我会找到事情的真相——如果那真的是你想知道的真相，那么我会将结果如实告诉你。如果你想要的是一种可以让你安心的解释，那和真相可是两码事，我也可以从各种方面找到令你安心的解释，但那对你来说足够吗？如果那种解释足够的话，你就不要再深究事情的真相了。”

西莉亚坐进了波洛为她推过来的椅子中，诚挚地看着他，然后说：“您认为我并不想知道事情的真相，是吗？”

“我认为，”波洛说，“真相也许是令人震惊和忧伤的，也许你知道后会说，‘为什么我非要追究这一切？为什么我要去追查这些令我感到无助和绝望的消息？’那件案子的结果是你的父亲和母亲的双双自杀。我自己很爱我的父母，爱父母并不是什么丢脸的事。”

“现在好像很多人会认为那很丢脸，”奥利弗夫人说，“也许我们应该说，这是一种新的信仰。”

“我一直都在过着这样的生活。”西莉亚说，“我已经开始怀疑了。我总能听到人们说一些奇怪的事，他们会用一种同情的眼光看我。除了同情，还有好奇。然后我就开始观察周围的人，那些我见过、认识，或是以前认识我父母的人，他们都在用那样的眼光看我。我不想过这样的生活。我想要……您认为我不是真的想知道事情的真相，但是我确实想知道。我想知道真相，也能面对真相。请您告诉我吧。”

谈话的情势发生了很大转变，西莉亚用一个与她之前想法毫不相干的问题吸引了波洛的注意。“你见过德斯蒙德了，对吗？”西莉亚说，“他告诉我他已经见过你了。”

“是的，他来见过我。你不希望他这么做吗？”

“他没有征求我的意见。”

“如果他事先征求了你的意见呢？”

“我不知道，我不知道当时是否应该阻止他这么做。是应该告诉他绝对不要做这样的事，还是应该鼓励他去做这样的事。”

“小姐，我想问你一个问题。我想知道，在你心里，是否有一件事对你来说比其他任何东西都更重要？”

“哦？什么？”

“就像你说的，德斯蒙德·伯顿－考克斯来见过我。他是一个很有吸引力、很讨人喜欢的年轻人，他来找我谈话时态度也十分诚挚。现在我们来说说真正重要的事，那就是，你们俩是否真的想结婚，因为这是一件很严肃的大事。尽管现如今的年轻人并不总是这么认为，但婚姻是连接两个人共同生活的纽带。你希望和德斯蒙德一起步入这个阶段吗？这很重要。对你和德斯蒙德来说，你父母二人究竟是自杀而死，或是因为什么完全不同的别的原因而死，这有什么区别吗？”

“您认为这完全不同的别的原因是什么？”

“我还不知道呢，”波洛说，“但我有理由相信你父母二人并不是自杀而死。他们的案子中有些特定的事实不符合自杀的特征。据我了解，警察的看法——警察是很可靠的，西莉亚小姐。警察们综合分析了所有证据后，很肯定地认为这件案子只可能是件自杀案。”

“但他们从来没有找到案发原因，您是这个意思吧。”

“是的，”波洛说，“我正是这个意思。”

“而您也不知道案发原因，对吗？我是说，根据您对事情进行的调查和思考，或是您做的其他事。”

“是的，我还不确定案发原因。”波洛说，“我想调查结果也许会让你很伤心。所以我现在要问你的是，你在知道事情的真相以后还能不能保持理智，说出，‘过去的事已经过去了。现在在我身边的是德斯蒙德，我非常在乎他，而他也一样地在乎我。我们即将一同度过未来的时光，而不是一味执着于过去的回忆。’”

“德斯蒙德告诉过您他是被收养的吗？”

“是的，他说过。”

“您看，这一切到底跟他母亲有什么关系呢？为什么她要去打扰奥利弗夫人，让她到我这里打听消息？她连德斯蒙德的亲生母亲都不是。”

“德斯蒙德和他母亲亲近吗？”

“不，”西莉亚说，“在我看来他并不喜欢他母亲。他一直都是这样。”

“他母亲为他花了很多钱，送他上很好的学校，给他买精致的衣服，还有各种其他事。你认为她关心德斯蒙德吗？”

“我不知道，我不认为她真的关心他。我想她只是希望有个孩子能代替她死去的亲生儿子。她的亲生儿子死于一起事故，所以她收养了另一个孩子，也就是德斯蒙德。而且她的丈夫最近去世了，这种日子很难熬。”

“我明白。我还想知道一件事。”

“关于他母亲，还是德斯蒙德？”

“德斯蒙德经济独立吗？”

“我不太明白您的意思。他的钱足够支持我的日常生活，支付一个妻子的日常开销。我想有一部分钱是他被收养时他的母亲为他存的。那笔钱数目足够支付基本的生活开销，但并不是一大笔财产。”

“她不能扣留什么财产吧？”

“什么？您是说如果他跟我结婚的话，她会收回他的钱？我不认为她曾经威胁过我她要这样做，我也不认为她真的能这样做。我想安排收养的律师或别的什么人把这一切都安排好了。我听说那些收养机构为了这事忙活了一阵。”

“我想要问你一件可能除了你以外没有别人知道的事。也许伯顿－考克斯夫人知道。你知道德斯蒙德的亲生母亲是谁吗？”

“您认为这可能是伯顿－考克斯夫人一直以来穷追不舍的原因吗？就像您说的，德斯蒙德真正的身份。我不知道，我想也许他是个私生子。私生子经常会被人收养，不是吗？伯顿－考克斯夫人也许知道德斯蒙德亲生父母的身份，或是相关的事情。如果真是这样，那她并没有告诉过他。我想她只告诉了他一些人们建议她说的蠢话，比如，你被收养是件好事，这说明了你被人需要。诸如此类的蠢话。”

“我想有一些领养机构会建议人们这样说。德斯蒙德和你是否知道他有任何别的血缘亲属？”

“我不知道，我认为他也不知道。但我觉得他并没有对此感到担忧，他不是那种爱担心的人。”

“伯顿－考克斯一家是不是你们家的朋友？你母亲，或是父亲的朋友？根据你的记忆，早些年你还跟父母住在一起时，有没有见过她？”

“我认为没有。德斯蒙德的母亲——我是说，伯顿－考克斯夫人去过马来亚，也许她的丈夫就是在马来亚去世的。之后德斯蒙德被送回英格兰上学，和他的表亲住在一起，放假的时候住在寄宿家庭。我们就是在那时候变成好朋友的。我对他的印象很深。您看，我是个特别崇拜英雄的人，而德斯蒙德爬树特别厉害，他还教我各种关于鸟巢和鸟蛋的知识。当我再一次在大学里遇见他的时候，我们自然而然地聊了起来，谈起这些年都去了哪些地方生活。后来他问了我的名字，因为我们小时候他只知道我的教名。之后我们又一起回忆了很多往事，自此我们才熟络起来。我并不了解关于他的所有事，甚至可以说我什么都不知道。但我想要知道这些事。如果你不知道所有会影响你的事，和那些过去发生过的事，你怎么能够安排自己的生活呢？又要如何决定自己以后做些什么呢？"

"所以你希望我继续调查下去？"

"是的，如果能查出什么结果就最好了。尽管我不抱什么希望，因为我和德斯蒙德尝试过寻找某些线索，但事情进展得并不顺利。不管我们怎么调查，结果好像总会回到一些并不像是真相的平淡故事。其实那是个死亡的故事，对吗？或者说是两个死亡的故事。每当出现双双自杀这样的案子，人们总把它看作一起死亡事件。莎士比亚还是某个其他人曾写过：'死亡并不能将他们分开[1]。'"她再次转向波洛，说："是的，您继续吧。继续寻找真相吧。您可以直接联系奥利弗夫人或是我，当然我更希望您能直接告诉我。"她又转向奥利弗夫人说，"教母，我并不想让您觉得我讨厌。您对我来说一直都是一位非常尽职的教母。只是——只是我更希望能听到波洛先生的第一手消息。也许我这么说有些无礼，但我并没有恶意。"

"没关系，"波洛说，"我很乐意充当第一手消息的来源。"

"您认为您能查清一切？"

---

①原文为 And in death they were not divided，出自《圣经》撒母耳记下，1.23 ——译者注

“我一直相信自己可以做到这一点。”

“您得到的消息也总是真实的，对吗？”

“一向如此。”波洛说，“我只说实话。”

第十三章　伯顿－考克斯夫人

奥利弗夫人送走了西莉亚，回到房间后对波洛说：“好了，你觉得西莉亚怎么样？”

“她很有性格，”波洛说，“是个很有意思的姑娘。如果我可以这么说的话，毋庸置疑，她就是她，不是随便什么别的姑娘。”

“是的，确实如此。”奥利弗夫人说。

“我希望您能告诉我一些事。”

“关于她的事吗？我并不是很了解她。人们对自己的教子教女都不太了解。我是说，我跟他们很久才能见上一面。”

“我并不是指她，我是指她的母亲。”

“哦，好的。”

“您认识她的母亲？”

“是的，我们曾经一起上过巴黎的寄宿学校。那时候人们经常把女孩子送到巴黎完成最后的教育。”奥利弗夫人说，“这听起来更像是为了进入坟墓做准备，而不是为了进入社会做准备。你想知道关于她的什么事？”

“您还记得她吗？您还记得她是什么样的人吗？”

“当然了。就像我跟你说的，人不会完全忘记过去的事。”

“她给您留下什么样的印象？”

“她很漂亮，”奥利弗夫人说，“这一点我记得很清楚。不是指她十三四岁的时候，那时候她还有些婴儿肥。我想每个人那时候都有点婴儿肥吧。”她若有所思地说。

“她很有个性吗？”

“这方面我记不太清了。因为她并不是我唯一的朋友，也不是最亲密的朋友。我是说，我们好几个朋友会聚在一起，就像一个小团体。我们几个人的兴趣和品位大多相近。我们喜爱网球，也喜欢别人带我们去听歌剧，但烦透了去看无聊的画展。我真的只能给你讲个大概。”

“她的名字是莫莉·普雷斯顿－格雷。你们那时都有男朋友吗？”

“我想我们都有过几段恋情。当然不是和流行歌手，那会儿还没有他们呢。通常是男演员。那时有一个著名的演员，一个姑娘——我们中的一个姑娘，和他一起躺在床上。那场景被我们的法国房东吉朗小姐见到，她立刻把那个演员从床上赶走了。她说：‘这太不合适了[①]！’那姑娘没告诉吉朗小姐，其实那个男人是她的父亲！我们为这事笑了好久。”奥利弗夫人说。

“您能再告诉我一些关于莫莉，也就是玛格丽特·普雷斯顿－格雷的事吗？刚才您见到她的女儿西莉亚，这会让您想到她吗？”

“不，并不会。她们母女并不相像。我想莫莉比西莉亚更加——更加情绪化。”

①原文为法语，Ce n'est pas convenable ——译者注

“据我了解，莫莉还有个孪生姐姐。那个姐姐当时也跟你们在同一所寄宿学校上学吗？”

“不，她不在。她可能本来要来我们的学校学习，毕竟她们姐妹俩年龄一样。但后来并没有来，我想她那时在英格兰的某个和巴黎完全不同的地方。我不太确定。我只偶然见过多莉一两次，她看起来跟莫莉一模一样。我是说，她们俩并没有试图让自己看起来不同，比如留个不一样的发型之类的。随着她们长大，双胞胎们经常做那样的事让自己看起来不同。我感觉莫莉很爱她的姐姐多莉，但她却很少谈起姐姐。我现在有种感觉，我是说，我当时并没有这个想法，但现在我感觉也许那时候她的姐姐就有些不正常了。我记得有一两次，有人提到多莉生了病，或是去某个地方接受治疗，类似这样的事。有一次我还在想她是不是腿脚有些问题。多莉的姨妈曾经带她出海旅行，希望她能恢复健康。”奥利弗夫人摇了摇头，接着说，“我记不太清了。我只是有种感觉，莫莉很爱她。如果她发生了什么情况，莫莉一定会保护她。这一切在你听起来是不是都是没用的废话？”

“完全不是。”波洛说。

“还有几次，莫莉不想谈到她姐姐时，她谈到了她的父母。我想她也很爱他们，就是寻常孩子爱父母那样。我记得有一次她的母亲来巴黎带她出去玩。莫莉的母亲是个很好的人，虽然不会让人情绪高涨，也并不很漂亮，但她是那种安静、友善、和蔼的人。”

“我知道了。所以关于男朋友这方面，您没有什么有用的信息喽？”

“那时我们并没有多少男朋友，”奥利弗夫人说，“那时候可不像现在。后来我们各自回了家，基本就失去了联系。我想莫莉跟她的父母一起去了国外，不是印度，好像是个别的什么地方。也许是埃及，我想他们那时在外交机构工作。有一阵子在瑞典，之后又去了百慕大或是西印度群岛之类的地方。她父亲应该是个地方官员。但这种事我也记不太清了。莫莉当时很喜欢我们的音乐老师，他让我们两个都很开心。那位音乐老师可不像现如今那些男朋友那样麻烦。我是说，我们仰慕他——每当他来学校教音乐课时，我们那一整天都会盼望着他的到来。他到底是什么样子对我们来说无关紧要。但是我曾经梦见过我钟爱的音乐老师阿道夫先生，梦里他得了霍乱，我为了救他的命给他输血。这真是个愚蠢的梦。当年还有很多其他我想做的傻事。有一阵子我很坚定地想当修女，之后我又坚定地认为自己会成为护士。好了，我想伯顿－考克斯夫人应该快到了。我很好奇她见到你会是什么样的反应。”

波洛盯着他的手表，说道：“我们马上就能知道了。”

“我们应该先说些什么呢？”

“我想我们可以针对几件事比较一下现有的信息。就像我说过的，我想至少有一两件事跟调查有关。我们可以谈谈您对于大象的调查结果，而我来给您补充。”

“你说的话太奇怪了。”奥利弗夫人说，“我已经跟你说过，我跟大象的事已经结束了。”

“是吗，”波洛说，“但也许大象跟您还没完呢。”

门铃再次响了起来，波洛和奥利弗夫人对视了一眼。

“好了，”奥利弗夫人说，“她来了。”

奥利弗夫人再次离开房间。波洛听到房间外面互相问候的声音，过了一会儿，奥利弗夫人回来了，后面跟着一个巨大的身影，是伯顿－考克斯夫人。

“您的房子可真漂亮，”伯顿－考克斯夫人说，“非常感谢您抽出宝贵的时间来见我。"她的余光瞟到了旁边的波洛，惊讶的表情掠过她的脸。有那么一瞬间，她的目光从波洛移到了窗边的小型钢琴上。奥利弗夫人想，伯顿－考克斯夫人可能误以为赫尔克里·波洛是位钢琴师了。于是她赶紧开口消除这个误会。

"我来为你介绍一下，"奥利弗夫人说，"这是赫尔克里·波洛先生。"

波洛走上前来，弯腰亲吻了伯顿－考克斯夫人的手。

"我想他可能是唯一能够在某些方面帮助到你的人。就是你那天请我做的事，跟我的教女西莉亚·雷文斯克罗夫特有关的那件事。"

"噢，是的。您还记得这件事，真是太感谢您了。我确实希望您能告诉我关于那件事的真相。"

"恐怕那件事进展得并不是很顺利，"奥利弗夫人说，"这也是为什么我请波洛先生来跟你见面。在收集情报这方面，他是个神奇的人。波洛先生在他的专业领域中可以算是首屈一指。他帮助过我的很多朋友，不计其数，他还解决过数不清的神秘案件。这次我们面对的案件可真是一起惨剧啊。"

"确实。"伯顿－考克斯夫人说，她的眼中仍充满了疑问。

奥利弗夫人引她坐下后，继续说道："你喝点儿什么吗？来杯雪莉酒？现在喝茶太晚了。还是你更喜欢鸡尾酒？"

"就要一杯雪莉酒吧，您人真好。"

"波洛先生呢？"

"我也要一样的。"波洛说。

奥利弗夫人暗自庆幸波洛没有要黑加仑酒或其他什么果汁。她拿出几个杯子和一个醒酒器。

"我已经大致把你想了解的问题向波洛先生做了介绍。"

“噢，是嘛。”伯顿－考克斯夫人说。

她看起来一脸疑惑和不确定，好像习以为常。

“这些年轻人啊，”伯顿－考克斯夫人对波洛说，“现在的年轻人，真难理解。我的儿子，那么可爱的一个男孩子，我们对他的未来寄予厚望。可是这个女孩儿出现了，她非常迷人，奥利弗夫人也许告诉过你了，那个女孩儿是她的教女。这种事情，谁也说不准。我是说，这种男孩儿和女孩儿间的友谊很容易开始，但却维持不了多久，这就是我们常说的青梅竹马。我认为了解一些关于人们出身的情况很重要，比如他们的家庭是怎样的。当然了，我知道西莉亚的出身很好，但毕竟她的家里发生过那起惨案。我知道那是一起夫妻双双自杀的案子，但没有任何人能向我解释清楚究竟是什么事导致了惨案的发生。我和雷文斯克罗夫特将军一家并没有什么共同的朋友，所以我是无法得到什么信息的。我知道西莉亚是个很迷人的姑娘，但我想知道更多关于她的事。”

“我从我的朋友奥利弗夫人那里了解到，您想知道一些特别的事情。事实上，您是想知道——”

“你之前说过你想知道的是，”奥利弗夫人坚定地插嘴道，“究竟是西莉亚的父亲开枪杀死了她的母亲后自杀，还是她的母亲开枪杀死了她的父亲后自杀。”

“我认为这两种情况有区别，”伯顿－考克斯夫人说，“没错，区别很大。”

“这是一种很有意思的观点。”波洛说，他的声音里听不出多少赞同的意思。

“噢，我是说情感方面的背景，从情感方面导致这件惨剧发生的原因。您必须承认，在婚姻中，夫妻双方一定会想到孩子。我的意思是，迟早会有孩子的。我指的是遗传方面。我想我们现在已经意识到了，先天遗传对人的影响比后天环境要大得多。它会导致某种性格的形成，甚至导致一些重大的风险，没人愿意承担这样的风险。”

“确实。”波洛说，“但承担这种风险的人才是要做出决定的人。您的儿子和那位年轻的女孩儿，他们两个是将要做出决定的人。”

“是的，我知道对此我无能为力。父母从来都没法帮他们做出选择，对吗？连提点建议也不行。但我还是很想多了解一些情况，是的，我很想知道。如果您可以进行一些——调查，我想您会用这个字眼，那就再好不过了。也许我只是个很傻的母亲，您知道，我过分担心我亲爱的儿子。母亲们总是这样。”

伯顿－考克斯夫人发出嘶嘶的笑声，头微微歪向一侧。

“也许，”她说，一边又呷了一口雪莉酒，“也许您可以考虑一下。之后我也会让您知道我担忧的具体问题。”

伯顿－考克斯夫人看了一眼手表，说道：“噢，天哪，天哪。我还有另一个约会，就要迟到了。我必须走了。亲爱的奥利弗夫人，我很抱歉，这么着急要走。但是您知道是怎么回事吗，今天下午我怎么都打不到出租车。一辆又一辆的出租车从我面前驶过，司机连头也不回一下。出行真难啊。我想奥利弗夫人有您的地址，对吗？”

“我把我的地址给您。”波洛说着，从口袋里掏出一张名片递给她。

“噢，好的。赫尔克里·波洛先生，您是法国人？”

“我是比利时人。”波洛说。

“噢，对，比利时人。好的，我懂了。见到您真是太高兴了，我感觉充满了希望。亲爱的，我必须赶快走了。”

伯顿－考克斯夫人热情地和奥利弗夫人握了握手，然后又和波洛握了手，之后离开了房间。关门的声音在大厅中回响。

“好了，你对她有什么想法？”奥利弗夫人问。

“您呢？”波洛反问她。

“她逃跑了，”奥利弗夫人说，“你把她吓跑了。”

“我想是的，”波洛说，“我认为您对她的判断十分准确。”

“她想让我从西莉亚嘴里套出一些信息，或是一些只言片语，一些她认为存在的秘密。但她并不想让你进行真正的调查，对吗？”

“我想是的，”波洛说，“这很有意思，非常有意思。她的生活条件不错吧？”

“我觉得是。她的衣服都很昂贵，她住在昂贵的地段。她是——怎么说呢，她是个莽撞专横的女人，是那种在很多委员会中都有职务的人。我是说，她没有什么可疑的地方。我问了一些人，他们都不怎么喜欢她。但她是那种热心于公共事业的女人，会参与很多政治活动或其他活动。”

“那她有什么不对劲吗？”波洛问。

“你认为她有不对劲？还是说你只是跟我一样不喜欢她？”

“我认为她隐瞒了一些事。”波洛说。

“啊，你打算弄清楚究竟是些什么事吗？”

“当然了，如果我能弄清楚的话。”波洛说，“可能并不会太容易。她的匆忙离开表示她在退缩，她害怕我即将问她的问题。是的，这很有意思。”他叹了口气，说：“我们要把目光投向过去看，甚至要看到比我们能想到的还要久远的过去。”

“什么？又要往回看？”

“是的，要看到过去的某个地方。在很多案件中都有这样的一些事，你必须先了解它们才能再次思考。十五年前或二十年前在欧克雷夫的那幢房子里究竟发生过什么事。是的，我们必须往回看。”

“好吧，就算那样。”奥利弗夫人说，“那现在呢，我们该做些什么？你的单子上还有什么？”

“我已经从警察的记录中获取了一定的情报，关于他们在那幢房子里找到的东西。您应该记得，在那些物品中有四顶假发。”

“是的，”奥利弗夫人说，“你说过四顶假发太多了。”

“看起来确实有点多。”波洛说，“我还拿到了几个有用的地址，其中有一个医生的地址，可能会对我们有所帮助。”

“医生？你是说雷文斯克罗夫特一家的家庭医生？”

“不，不是家庭医生。这位医生曾经在一次审讯中作证。那次审讯是关于一起发生在小孩子身上的案件，可能是一次意外，也可能是被比他更大的孩子或是其他人推下水的。”

“你是说，可能是他母亲干的？”

“有可能，也有可能是当时在那幢房子里的其他什么人干的。我对案件发生的那个地区还比较熟悉，我询问了一些记者朋友，加洛韦总警长也动用了他的人脉帮助我调查，终于成功地找到了那位医生。我的那些朋友都对这起案件很感兴趣。”

“你打算去见那位医生吗？他现在一定很老了。”

“我并不是要去见他，是去见他的儿子。他的儿子也是一个在精神病领域有所成就的专家。我有一封引荐信，他有可能会告诉我一些有意思的事情。还有人问起一些和金钱有关的事。”

“金钱？你是指什么？”

“嗯，有很多事情是需要我们去调查才能发现的，而每一起罪案背后都会牵扯到同一样东西，那就是钱。事情发生后，有的人会失去钱，有的人会得到钱。这就是我们需要去调查的。”

“我想警察一定已经找出了雷文斯克罗夫特一案中关于金钱的各种

瓜葛。”

“是的，一切看起来都很自然。将军夫妇像常人一样立过遗嘱，两人都把遗产留给对方，也就是说将军夫人把她的财产留给将军，而将军把他的财产留给了夫人。他们两人都没有获得什么利益，因为在这件案子中两人都死了。所以，获得利益的人就是他们的女儿西莉亚和她的弟弟爱德华。据我所知爱德华现在在外国念大学。”

“这些消息并没有什么用。那两个孩子当时都不在现场，他们也不会跟这起案子有什么关系。”

“啊，是的，的确如此。所以我们才要走得更远些，回到更远的过去，进行全方位的调查，找出是否有什么跟金钱相关的重大动机。”

“你可别让我去做这样的事，”奥利弗夫人说，“我没法胜任这项工作。我是说，这件事的要求太高了。我想我也就能做一些跟大象谈谈话这样简单的事。”

“不，我认为最适合您去做的是调查假发的事。”

“假发？”

“在警察的报告中详细记录了假发卖家的情况，那是伦敦邦德街上一家很昂贵的发廊，他们同时也经营假发生意。后来那家店关门了，迁到了别处，仍由最初的两个合伙人经营。我想现在这家店已经不再做生意了，但是我有他们两人中一个的地址。我认为也许由一位女性去了解情况的话，会妥当一些。”

“啊，”奥利弗夫人说，“我？”

“是的，就是您。”

“好吧，你想让我做些什么？”

“您只需要按照我给您的地址去一趟切尔滕哈姆，你会在那里找到罗森特拉夫人。她已经上了年纪，但在女士发饰的制作上仍然紧跟潮流。她嫁给了一位同行，他专门为秃顶的男士们服务，制作男士假发什么的。”

“噢，天哪。”奥利弗夫人说，“瞧瞧你给我派的是个什么样的差事。你真的认为他们会记得什么吗？”

“大象总是记得。”赫尔克里·波洛说。

“噢，那你又要去见谁呢？你刚才提到的那个医生？”

“是的，他是其中一个。”

“你认为他会记得些什么呢？”

“可能记不得多少，”波洛说，“但在我看来，他有可能听说过某起很有意思的事件，而且应该会有关于这起案件的记录。”

“你是指那个孪生姐姐的事？”

“是的，就目前我听到的消息，有两起意外都跟她有关。第一起意外发生时，她还是个年轻母亲，住在哈特斯－格林的乡下。另一起意外发生时，她住在马来亚。这两起意外中，都有孩子死亡。我可能会知道一些关于——”

“你的意思是，因为她们俩是双胞胎，所以莫莉——我是说我认识的那个莫莉——可能也有某种精神病？我一点儿也不相信，她根本不可能有病。她是个充满爱心的人，可爱，美丽，情感充沛——噢，她是个大好人。”

“是的，是的，看起来是这样。您会说她是个很幸福的人吗？”

“没错，她过得很幸福，非常幸福。我知道我没有见证她之后生活中发生的事情，毕竟她住在国外。但每当我偶然收到她的来信或是我去看望她时，她看起来都很幸福。”

“但您并不怎么认识她的孪生姐姐？”

“不认识，怎么说呢，我认为她……嗯，说实话，我记得有几次在我和莫莉见面时，那个姐姐好像都住在某种治疗机构。她也没有去参加莫莉的婚礼，连伴娘都没当。”

“那本身就是一件很奇怪的事。”

“我还是不明白你究竟想从这些事情中了解到什么。”

“只是一些信息罢了。”波洛说。

第十四章　威劳比医生

赫尔克里·波洛下了出租车，付了车费和小费后，打开笔记本核对了地址，然后从口袋里小心地掏出一封给威劳比医生的信，这才走上门前的台阶并按下了门铃。一个仆人开了门，问了波洛的名字，告诉他威劳比医生正在等他。

波洛被领进一间舒适的小房间，房间一侧摆满了书架，火炉旁有两把椅子，一个盘子上放着几个杯子和两个醒酒器。威劳比医生站起身来迎接他。医生大约五十来岁，身材瘦削，额头很高，有着黑色的头发，还有一双敏锐的灰色眼睛。他和波洛握了手，请他坐下。波洛把信递给他。

“啊，好的。”

威劳比医生接过信，打开信封读完后把信放在了一边，饶有兴致地看着波洛。他说：“我已经从加洛韦总警长那里听说了，我的另一个在内政部工作的朋友也请求我帮助你处理你感兴趣的那件事。”

“我知道这是个不情之请。”波洛说，“但是对我来说，确实有一些很重要的原因。”

“这么多年过去了，这件事还对你很重要吗？”

“是的。不过如果您已经全都忘了，我也完全能够理解。”

“倒不能说完全忘了。想必你已经听说了，我对我专业领域中的某些特定分支很感兴趣，我的研究已经持续了很多年。”

“我知道您的父亲是一位在精神病领域很杰出的专家。”

“是的。他一生都对此很感兴趣。他有很多理论，有些被后人证实是正确的，但有些是错误的。我猜你感兴趣的是某个具体案例吧？”

“有一个女人，她的名字是多罗西娅·普雷斯顿－格雷。”

“是的，我记得她。那时我还年轻，我对我父亲的研究思路很感兴趣，但我们的理论并不完全相同。他当时从事的工作很有意思，而作为他助手的我也兴趣高涨。多罗西娅·普雷斯顿－格雷，后来的贾罗夫人，我不知道你对她的哪个方面感兴趣呢？”

“据我所知，她是一对同卵双胞胎中的一个。”波洛说。

“没错。我父亲当时就在对双胞胎进行研究。他当时的一个项目就是研究同卵双胞胎的日常生活。有的双胞胎在同样的环境中长大，有的则完全相反，有着截然不同的生活经历。通过这种研究，能够发现双胞胎经过各种事后，还会保留多少相似程度，也能发现在他们身上发生的相似事件。例如，一对双胞胎姐妹或是兄弟，尽管他们没有在一起生活过，但相同的事还是会在相同的时间点在他们身上发生。这一切——确实这一切都非常不可思议。但是我想这并不是你感兴趣的事。”

“是的，”波洛说，“我感兴趣的是一起案子中的一部分，一起发生在孩子身上的意外事件。”

“是这样啊。我想那件事是发生在萨里。那是个很美的地方，很多人都住在那儿，离坎伯利也不太远。贾罗夫人的丈夫那时才因为意外去世不久，她年纪轻轻就守寡，还带着两个年幼的孩子。结果她——”

“她精神错乱了？”波洛问。

“不，还没有到那种程度。她丈夫的死让她备受打击，而且产生了很强的失落感。为她治疗的医生说，恢复得不太好。医生不太看好她在恢复期中的病情发展趋势，而她也没有像医生所期待的那样摆脱失去亲人的痛苦。医生对她的治疗反而对她产生了特殊的影响。后来，那位医生想进行一次会诊，于是他就请我父亲去看看。我父亲发现贾罗夫人的情况很有意思，同时也非常危险。他认为让她住进疗养院会好一些，因为在那儿有专人可以照顾她。在发生了那起意外后，贾罗夫人的情况恶化了。那时有两个孩子，根据贾罗夫人的叙述，是女儿攻击了小她四五岁的弟弟，她用铲子或是锄头砸了他，之后他跌进花园里的观赏池塘中淹死了。你也知道，这种事情在孩子们中间经常发生。有的孩子还坐在摇篮车里，就被推进湖中，发生这样的事只是因为另一个年龄大一点的孩子的嫉妒心作祟，他会想‘如果没有爱德华就好了，妈妈就会少很多麻烦’或是‘这样对妈妈更好’。这全都是嫉妒的结果。尽管在这起案件中好像没什么特别的起因或是嫉妒的证据，那个姐姐并不憎恶她弟弟的出生。但从另一方面说，尽管贾罗夫人的丈夫对于第二个孩子的出生很开心，但贾罗夫人并不想要这个孩子。她联系过两位医生想做流产手术，但人家都没答应，因为当时流产手术还并不合法。据一个仆人和一个去她家送电报的男孩说，是一个女人向那孩子发起的攻击，而并不是那个姐姐。还有一个仆人十分确定地说，她从窗户向外看时，看到的是她的女主人在攻击那个孩子。她说：‘太太真是可怜，我想她并不知道自己在做些什么。自从老爷死了之后，她就像变了一个人似的。’就像我说过的，我并不知道你究竟想从那起案件中了解些什么。当时的结论是一起意外，人们判定那件事是一起意外。就是孩子们一起玩儿的时候，互相推推搡搡，之后意外地酿成了一起惨剧。那件事就那样过去了，但我父亲跟贾罗夫人进行了谈话，还对她进行了一些特定的测验、问卷调查等等，之后他很确定她对发生的事负有责任。根据我父亲的建议，贾罗夫人有必要接受精神治疗。”

“当时您父亲很确定她是有责任的？”

“是的。我父亲采用了一种当时很流行的治疗方法。他相信在经过充分的治疗后，病人能够重新开始正常的生活。虽然这段治疗时间可能会很长，也许要一年或是更久，但这种疗法是为了病人自身利益着想。治疗结束之后病人可以回家生活，只要辅以适当的药物治疗，还要有病人的家人能够和病人一起生活，并观察他们的日常行为，这样病人生活中的一切都会很顺利。这种疗法在最初的几个病例中很成功，但后来的病例就不尽如人意了，有几起病例甚至产生了很不幸的结果。看上去已经痊愈的病人回到家里，回到他们最为熟悉的生活环境，回到了他们的家人、配偶和父母身边，但是病又慢慢地复发，导致了悲剧或是近乎悲剧的惨事发生。有一起病例使我父亲非常沮丧失望，同时这起病例对他的研究来说也非常重要。在这起病例中，一个女人回家以后和她得病以前的室友住在一起。一切看上去都进展得很顺利，但五六个月后那个女人紧急地叫了医生来，跟他说：‘我一定要带你上楼去，因为你会对我所做的事感到非常气愤，之后你一定会叫警察来。我很害怕。我知道那一定会发生的。我看到魔鬼在希尔达的眼睛里。魔鬼在她的眼睛里盯着我看。我看到了魔鬼，所以我必须要做些什么，不得不杀了她。’那个室友的尸体躺在椅子上，已经被勒死了，死后还被人戳伤了眼睛。杀人凶手最终死在精神病院，直到最后她也没有意识到自己的罪行。她只是认为自己受到召唤，而摧毁魔鬼就是她的使命。”

波洛悲伤地摇了摇头。

威劳比医生继续说着：“就是这样。我认为多罗西娅·普雷斯顿－格雷当时有轻度的精神病。她的情况很危险，只有接受严格的照看才算安全。但是这种观点在当时并不为人所接受，我父亲也认为这是一种极不明智的观点。贾罗夫人曾经被送去一所条件很好的疗养院接受高水平治疗。过了几年，表面上看起来她又一次痊愈了，于是她离开了疗养院，再次开始了平静的生活。有一个很好的护士看护着她，但在她们家里那个护士被当作女佣。贾罗夫人甚至走出家门交了很多朋友，之后她便出国了。”

“去了马来亚。”波洛说。

“是的，我想你得到的信息都很正确。她去马来亚跟她的双胞胎妹妹同住。”

“然后在那儿又发生了一起惨案？”

“是的。邻居家的一个孩子遭到了袭击。最初受到怀疑的是一个保姆，我想后来人们又怀疑起一个当地的搬运工。但是由于只有她才有那些精神问题，贾罗夫人无疑要对这起惨案负责。我想当时并没有什么确凿的证据对她不利。但我记得将军——我记不清他的名字了——”

“雷文斯克罗夫特？”波洛问。

“没错，雷文斯克罗夫特将军同意安排她回英格兰再次接受治疗。这就是你想知道的吗？”

“是的，这件事我已经略有耳闻，但基本都是道听途说，不太可靠。我想问您的是，既然这是一起与同卵双胞胎有关的病例，那双胞胎中的另一个呢？玛格丽特·普雷斯顿－格雷，她后来成了雷文斯克罗夫特将军的妻子。她有可能会被类似的疾病影响吗？”

“她从未有过相关的医疗记录。雷文斯克罗夫特夫人的精神绝对正常。我父亲当时对此很感兴趣，还曾经特地去拜访过她一两次。他经常遇到一种情况，就是一对童年时关系很亲密的同卵双胞胎会在之后的生活中患上同一种疾病或同一种精神病。”

“您的意思是，仅仅是童年时亲密的双胞胎？”

“是的，在某些情况下，同卵双胞胎之间会产生一种仇恨的情绪。这种情绪源于最初对彼此保护性的爱护，但之后可能会由情感上的泛滥或是某种情感危机引起，继而演变为一种两姐妹之间近乎仇恨的情感。

“我想问题就在这儿了。雷文斯克罗夫特将军当年还只是个小小的中尉或上尉，我想他和多罗西娅·普雷斯顿－格雷坠入了情网。她那时是个非常漂亮的姑娘，实际上她是两姐妹中更漂亮的那个。当时多罗西娅和雷文斯克罗夫特将军并没有正式订婚，但没过多久，雷文斯克罗夫特将军就转而爱上了姐妹俩中的另一个，玛格丽特，或是莫莉——人们都这么叫她。他爱上了她，并向她求婚。莫莉接受了将军的爱慕，于是两人迅速地结婚了。我父亲当时很确定，双胞胎中的另一个，也就是多莉，对她妹妹和阿里斯泰尔·雷文斯克罗夫特的婚姻深感怨恨，因为她还一直爱着他。但是后来多莉把一切抛诸脑后，没过多久就嫁给了另一个男人，他们的婚姻看上去十分幸福。婚后多莉经常去拜访雷文斯克罗夫特一家，不仅仅是去马来亚，在他们搬迁到别的国家时或者回到英格兰后仍旧保持着这样的拜访。那时候很明显多莉的精神状态是正常的，没有任何负面情绪在困扰她，她还跟一位非常称职的护工和其他仆人住在一起。我相信，或是说我父亲总是告诉我说，雷文斯克罗夫特夫人，也就是莫莉，仍旧非常爱她姐姐。莫莉关切地保护着多莉，深深地爱着多莉。我想莫莉经常想去多看望多莉几次，但雷文斯克罗夫特将军并不十分赞成。我认为有可能是因为多莉，也就是贾罗夫人的精神有些不稳定，而且她还深深爱着雷文斯克罗夫特将军。多莉的这种爱慕给他带来了很大的困扰。虽然将军夫人确信她姐姐已经不再有任何嫉妒和怨恨的情绪。”

“据我了解，在将军夫妇的自杀惨案发生前三周左右，贾罗夫人正在他们家住。”

“是的，确实如此。贾罗夫人就惨死在那个时候。她有梦游的习惯。有一天晚上，她在睡梦中走出了房子，之后就发生了意外。她走上了一条荒废的小路，直接摔下了悬崖。直到第二天人们才发现她，立刻把她送进了医院，但她再也没有恢复过意识，就这样死去了。她的妹妹莫莉非常悲痛。但我要说的是，可能这也是你想知道的，我并不认为这起事故和之后发生的将军夫妇自杀案有关。他们夫妇过得那么幸福美满。将军夫人对于亲姐姐或者将军对于夫人的姐姐死亡而产生的悲痛情绪是不太可能导致他们中的一人自杀的。更别提夫妇二人一起自杀了。”

“除非，也许，”赫尔克里·波洛说，“玛格丽特·雷文斯克罗夫特对多莉的死负有责任。”

“我的天啊！”威劳比医生说，“你不会是在暗示——”

“会不会是玛格丽特跟踪了她梦游的姐姐，并亲手把多罗西娅推下了悬崖？”

“我无法接受这样的想法。”威劳比医生说。

“人啊，”波洛说，“谁知道人能做出什么样的事呢！”

第十五章　探访美发师

奥利弗夫人看着切尔滕哈姆几个字，点了点头，她是第一次来这儿。她暗自想道，这儿可真好，看看这些房子，只有这样的房子才能被称为房子啊。

她的思绪回到了年轻的时候，她记得那时她在切尔滕哈姆还认识些人，至少有她的亲戚，她的姑妈就住在这里。一般来说，在这里住的都是些从陆军或海军退休的人。奥利弗夫人觉得这儿是那种人们愿意长住的地方，尤其是那种在国外生活了很久的人们。这儿能够给人一种英格兰式的安全感，生活品质也不错，也总能找到聊得来的人们。

在查看了一两家精致的古玩店后，奥利弗夫人找到了自己本来要去的地方——或者说是波洛希望她去的地方——玫瑰美发屋。她走进店里，四处看了看，店里有四五个客人正在理发。一位胖乎乎的年轻姑娘停下手中的活计，带着询问的表情向她走来。

“罗森特拉夫人在吗？” 奥利弗夫人瞥了一眼手中的名片，说道，“她说过如果我今天上午来店里的话，她能够见我。我是说，我并不是来做头发的，但是我想要向她咨询一些事。我之前给她打过电话，她说如果我十一点半来，她可以腾出一点时间见我。”

“噢，是的，”那女孩说，“我想罗森特拉夫人是在等人。”

胖姑娘带着奥利弗夫人穿过一条走廊，又走下几级台阶，在走廊尽头处推开了一扇旋转门。很明显，她们从美发屋走到了罗森特拉夫人家里。胖姑娘敲了敲门，把头探进门内说：“有位夫人想见您。”然后她又有些紧张地转头向奥利弗夫人问道，“您说您叫什么？”

“奥利弗。”

奥利弗夫人走了进去，隐约地感觉这里似乎又是另一件陈列室。房内挂着玫瑰色的窗纱，墙上贴着布满玫瑰的壁纸。奥利弗夫人感觉罗森特拉夫人大约和自己同龄或比自己年长很多，这时她才刚刚喝完一杯咖啡。

“是罗森特拉夫人吗？”奥利弗夫人问。

“是的，你是？”

“您应该是在等我吧？”

“噢，是的。我没太搞清楚究竟是为了什么事，电话线路太糟糕了，我都没听清。没关系，我大概有半小时的空闲时间。你要喝杯咖啡吗？”

“不用了，谢谢您。”奥利弗夫人说，“我不会耽误您太长时间。我只是想向您打听一些也许您还记得的事情。我想您已经在美发这行干了很多年了吧。”

“是的。我很高兴现在有几个姑娘来接我的班，现在我已经不需要亲自做什么事了。”

“您还在指导她们吗？”

“是的。”罗森特拉夫人微笑着说。

罗森特拉夫人长着一张很友善的脸，看起来很聪明。她棕色的头发被精心打理过，还夹杂着几缕灰色的头发。

“我还是不太清楚你来的目的。”

“是这样，其实我只是想问您一个问题。算是跟假发有关的问题吧。”

“现在我们已经不怎么做假发了。”

“您以前在伦敦有一家店，对吗？”

“是的。起初是在邦德街上，之后我们搬到了思楼恩街。不过在这么多年后，我还是觉得像现在这样住在乡下更舒服。我丈夫和我都对这里很满意。我们现在的店铺不大，也不怎么做假发了，尽管我丈夫还是会给那些秃顶的男士提供建议并设计假发。你知道吗，头发对某些特定行业的人来说真的很重要，如果因为秃顶显得年迈，他们可能连工作都找不到。”

“我能想象。”奥利弗夫人说。

由于紧张，奥利弗夫人只说了些闲聊一样的话，并且在想该如何开始自己的正题。这时罗森特拉夫人突然向前倾了倾身子，说道：“你是阿里阿德涅·奥利弗，对吗？那个小说家？”奥利弗夫人吓了一跳。

“是的，”奥利弗夫人说，“事实上——”她一脸尴尬，就像每当有人提起这事的时候一样，“——是的，我确实写小说。”

“我非常喜欢你的小说，我看过很多本。啊，这可真是太棒了。现在告诉我，我能怎么帮到你？”

“是这样的，我想跟您聊聊关于假发还有一件很多年前发生的事，也许您已经不记得了。”

“啊，我不太明白——你是说很多年前的时尚吗？”

“不，是关于一个女人的事。她是我的一个朋友，实际上她是我的同学，她结婚后去了马来亚，后来又回到英格兰，之后发生了一起惨案，她去世了。在她去世后，人们对一件关于她的事感到很奇怪，那就是她有很多顶假发。我想那些假发都是出自您之手，我是说出自您的店铺。”

“啊，一起惨剧！她叫什么？”

“我认识她的时候，她姓普雷斯顿－格雷，但她嫁人之后姓雷文斯克罗夫特。”

“噢，是她啊。我记得雷文斯克罗夫特夫人。我还记得很清楚。她人非常好，也非常漂亮。对，她的丈夫是位上校或是将军之类的，他们退休后住在——我忘了那儿叫什么了——”

“有人猜测他们夫妇都死于自杀。”奥利弗夫人说。

“是的，是的。我记得我在报纸上读到这件事时还在说‘为什么这种事偏偏发生在我们可爱的雷文斯克罗夫特夫人身上’。当时的报纸上还登出了他们两个人的照片，我一看果然是他们。当然了，我从来没有见过将军，但报纸上的确实是将军夫人没错。这事真是让人太难过了。我听说是因为将军夫人得了癌症，无药可治，所以他们俩才会自杀。但我从来没有听说过任何细节。”

“噢，是这样啊。”奥利弗夫人说。

“但是你想从我这里知道些什么呢？”

“您为她做了假发，据我了解，当年那些调查案情的警察认为四顶假发有些多，但也许有些人确实会同时有四顶假发？”

“嗯，我想大多数人都最少有两顶假发。”罗森特拉夫人说，“一顶假发被送回店铺修整的时候，他们可以戴备用的那一顶。”

“您还记得雷文斯克罗夫特夫人向您订过另外两顶假发吗？”

“她并没有亲自来。我想那时候她因为生病而住院了，或是类似的事情。那时是一位法国姑娘来的，我想她可能是夫人的女伴吧。她人很好，英语也非常流利，她对额外要订的假发也解释得很清楚，包括尺寸、颜色还有样式。是这样的，我竟然还能记得这么清楚。我当时根本没有想到在——一个月后，也许更久一点，六周以后，我就看到了她自杀的消息。恐怕她从医生的口中得知关于自己病情恶化的消息，然后再也没有勇气生活下去，她丈夫感觉不能没有她——”

奥利弗夫人悲伤地摇摇头，接着问道：“我猜那些假发都是不同款式的，对吗？”

“是的。一顶有一缕很漂亮的灰发，一顶是参加聚会时戴的，一顶是晚上戴的，还有一顶是小卷发，非常漂亮，你可以戴上它再戴一顶帽子，头发也不会乱。我很难过，因为我再也见不到雷文斯克罗夫特夫人了。除了她的病之外，她那时已经为她刚刚死去的双胞胎姐姐难过不已了。”

“是啊，双胞胎总是亲密无间，不是吗？”奥利弗夫人说。

“她以前一直看起来都是个幸福的女人。”罗森特拉夫人说。

两个女人同时叹了口气。奥利弗夫人转换了话题。

“您觉得我需要假发吗？”她问道。

罗森特拉夫人这位做假发的行家伸出一只手摸着奥利弗夫人的头发，说：“我觉得没有这种必要，你的头发非常好，还很厚实，我猜——”她淡淡地笑着，说：“——你很喜欢摆弄自己的头发吧？”

“您真是太聪明了，确实是这样的——我喜欢拿自己的头发做实验，我觉得很有意思。”

“你很享受生活，是吗？”

“是的。我想是因为那种你永远不知道下一秒会发生什么事的感觉。”

“是啊，那种感觉，”罗森特拉夫人说：“那种感觉让很多人每天都无法停止担忧。”

第十六章　戈比先生的报告

戈比先生走进房间，波洛请他坐在他常坐的那把椅子上。他环视四周，打量着究竟房间里的哪样家具能够让自己对着说话。和往常一样，戈比先生决定选择电暖气，毕竟暖气在每年的这个时候还没有打开。戈比先生从不向他的直属上司面对面进行报告，他总是选一些屋檐、暖气、电视、钟表之类的家具，有时甚至是地毯或是垫子。这时他从一个公文箱中拿出几页纸。

"好了，"赫尔克里·波洛说，"你有我要的东西吗？"

"我已经收集到各种各样的细节。"戈比先生说。

作为一个情报商人，戈比先生在伦敦可是名声在外，也许在全英格兰甚至是更大的范围内都鼎鼎有名。没有人知道他是如何奇迹般地收集到所有情报的。他的员工并不多，他称他的员工们为自己的"腿"。戈比先生有时会抱怨这些"腿"没有以前"跑得快"了。但他调查出的结果仍会让他的委托人大吃一惊。

"伯顿－考克斯夫人，"他念出这名字的时候仿佛自己是当地的教区委员在讲解《圣经》一样。他也许下一句话就要说出："以赛亚书，第四章，第三节。"

"伯顿－考克斯夫人，"戈比先生再次说道，"已婚，丈夫是塞西尔·阿尔德伯雷先生，他有一家规模很大的纽扣制造厂，很富有。阿尔德伯雷先生还涉足政坛，是小斯坦莫尔的议员。阿尔德伯雷先生结婚四年后死于一场车祸，他们夫妇俩唯一的孩子也在那不久之后的一次意外中身亡。阿尔德伯雷先生的财产由他的妻子继承，但几乎所剩无几了，因为纽扣厂那几年的生意并不景气。阿尔德伯雷先生还给一位凯思林·芬小姐留了一笔数目不小的钱，看上去他和这位小姐似乎一直保持着不为他妻子所知的亲密关系。在那之后，伯顿－考克斯夫人继续从政。大约三年之后，她收养了凯思林·芬小姐的孩子，后者坚持称这个孩子是阿尔德伯雷先生的遗腹子。从我调查得到的结果来看，这种说法很值得怀疑。"戈比先生继续说，"芬小姐曾经与很多男士都有关系，他们通常都是些出手大方的人。毕竟，大多数人都有他们自己的价钱，不是吗？恐怕对于我这次的调查，我所要的价格就不低呢。"

"继续说。"波洛说。

"阿尔德伯雷夫人当时同意收养这个孩子。没过多久，她就嫁给了伯顿－考克斯少校。凯思林·芬小姐后来成了名动一时的演员和流行歌手，赚了很大一笔钱。然后她又给伯顿－考克斯夫人写信，说她想重新要回那个孩子。伯顿－考克斯夫人拒绝了她的要求。据我了解，伯顿－考克斯夫人那时生活得很富足，因为伯顿－考克斯少校在马来亚被杀了，给她留下了一笔数目不小的财产。我还得知，凯思林·芬小姐前不久刚刚去世，可能是一年半以前吧，她留下了一份遗嘱。遗嘱中将她的所有财产都留给她的亲生儿子德斯蒙德，那可是很大一笔财富。而德斯蒙德就是我们现在所说的德斯蒙德·伯顿－考克斯。”

“她可真大方。”波洛说，“芬小姐是怎么死的？”

“我的线人告诉我说，她得了白血病。”

“德斯蒙德那孩子已经继承了他母亲的遗产了吗？”

“现在钱在信托基金里，等他二十五岁时才可以正式继承。”

“所以在拿到钱后他会自己独立生活，还会有一大笔财富。那伯顿－考克斯夫人呢？”

“她在投资方面并不太顺利，这很好理解，她有足够的钱用于吃住，但剩下的就不多了。”

“德斯蒙德立过遗嘱了吗？”波洛问。

“那个嘛，”戈比先生说，“恐怕我还不知道。但是我有特定的途径可以打听到，一有消息我就会马上通知你。”

戈比先生离开时，心不在焉地向电暖气鞠躬道别。

大约一个半小时后，电话铃响了。

赫尔克里·波洛在面前的纸上做着笔记，时不时皱皱眉，或是用手捻着自己的胡须，在纸上划掉一些字，又写上一些字。电话铃响起时，他立刻拿起话筒接听。

“谢谢你，”他说，“你的动作真的很快。是的……是的，我很感激。有时候我真不知道你是怎么做到这些事的……是的，这样一来事情就清楚了，之前不合理的事现在都合理了……是的，就我看来……是的，我在听……你确定就是因为那件事。他知道自己是被收养的……但从来没有人告诉他她的生母是谁……对，我明白……非常好，你会弄清楚另外一点？谢谢。”

他放下了话筒，再一次在纸上写起来。又过了半小时电话再次响起，波洛拿起话筒。

“我从切尔滕哈姆回来了。”一个波洛马上就听出来的声音说道。

“啊，亲爱的夫人，您回来了？您见过罗森特拉夫人了？”

“是的，她人很好，非常友好。你之前说得很对，她的确是另一只大象。”

“什么意思，亲爱的夫人？”

“我的意思是她记得莫莉·雷文斯克罗夫特。”

“她也记得她的假发？”

“是的。”

奥利弗夫人简单描述了一下那位退休的美发师给她讲的关于假发的事。

“是的，”波洛说，“那就对了，和加洛韦总警长跟我提到的完全吻合。警察找到了四顶假发，一顶是卷发，一顶是晚上戴的，还有两顶普通一些的。一共四顶。”

“所以我告诉你的这些都是你已经知道的事情？”

“不，您告诉我的事情要多一些。她说——您刚才是这么告诉我的吧——雷文斯克罗夫特夫人本来已经有两顶假发了，后来又在他们夫妇自杀前的三到六周左右订了另外两顶。这真是很有意思，不是吗？”

“这有什么，”奥利弗夫人说，“我是说，你知道女人们，她们有时候很容易毁掉东西，比如假发之类。如果被弄坏的假发不能得到修整和清理，或是假发被烧坏或是溅上了什么洗不掉的东西，又或是假发被染上了错误的颜色，发生类似这样的事情，那当然需要订两顶新假发来替换了。我不明白为什么你会对这件事如此感兴趣。”

“也没有那么夸张，”波洛说，“不过，这是很关键的一点。但是您刚刚补充的另外一点也很有意思。把假发送去再制或是修整的人，是个法国姑娘，对吗？”

“是的。我想她是雷文斯克罗夫特夫人的女伴之类的。将军夫人当时已经住在医院或是疗养院了，身体状况也不太好，她当然没法自己去选假发。”

“我懂了。”

“所以她的法国女伴代她去了。”

“您知道那个法国女伴的名字吗？”

“不知道。我想罗森特拉夫人并没有提到她的名字，我认为她也不知道。那次见面是由雷文斯克罗夫特夫人安排的，我想那个法国姑娘只是把假发带去量尺寸什么的。”

“好吧。”波洛说，“这些信息对我接下来要进行的调查很有帮助。”

“你究竟从这些事中了解到了什么？”奥利弗夫人问道，“你还做了什么其他的调查吗？”

“您总是这么爱怀疑人，”波洛说，“您总认为我什么也不做，只是坐在椅子上歇着。”

“我认为你常常坐在椅子上思考问题。”奥利弗夫人说，“但我知道你确实不怎么出去走动或出门进行调查。”

“我想我很快就要出门进行调查了。”波洛说，“这样您高兴了吧。我甚至可能要横跨英吉利海峡，当然不是坐船，显然，我会坐飞机。”

“噢，”奥利弗夫人说，“需要我和你一起去吗？”

“不必了，”波洛说，“我想这次还是我自己去比较好。”

“你真的会去吗？”

“是的，当然。我一定会到处打听并搜集信息的，所以您应该对此感到高兴，夫人。”

波洛放下电话，又翻开他的笔记本找到另一个号码。他拨通了电话。接电话的正是波洛要找的人。

“我亲爱的加洛韦总警长，我是赫尔克里·波洛。但愿我没有太打扰您，您现在忙吗？”

“不，我现在不忙。”加洛韦总警长说，“我正在修剪玫瑰，仅此而已。”

“有件事我想要问您，很小的一件事。”

“是关于咱们之前聊过的那件双双自杀的案子吗？”

“没错。您之前说过当时房子里有一条狗，您还说那条狗跟着将军一家出去散步了，对吗？”

“是的，我确实提到过狗。我想是管家或是别人说过当天将军和往常一样出去遛了狗。”

“在验尸的时候，雷文斯克罗夫特夫人身上有被狗咬过的痕迹吗？有可能是自杀案发生前一阵的痕迹。”

“你这么说还真有点奇怪。但如果不是你提起来这件事，我可能已经忘了。是的，将军夫人身上确实有几处伤疤，但都不严重。管家提到过，那条狗曾经不止一次攻击过它的女主人，还咬伤了她，不过都不太严重。你看，波洛，那条狗并没有狂犬病，也没有任何类似的病，如果那就是你在想的问题的话。不管怎样，将军夫人是被枪杀的，他们夫妇都是。警察并没有发现他们身上有腐败毒或是破伤风的迹象。”

“我并不是要嫁祸于那条狗，”波洛说，“我只是想知道这件事的情况而已。”

“当时将军夫人身上有一处被狗咬过的新伤痕，我想大概是死前的一个星期留下的，也有人说是两个星期。伤口没有严重到要打针的程度，那个伤口愈合得很好。那句话怎么说来着？”加洛韦总警长继续说道，“‘死的确实是那条狗。’我不记得这句话是从哪儿来的了，但是——”

“不管怎样，这次死的并不是那条狗。”波洛说，“那并不是我问题的重点。我真希望我能见见那条狗，也许它是一条很聪明的狗。”

表达了对加洛韦总警长的感谢后，波洛放下了电话听筒。他自言自语道：“那可真是一条聪明的狗，也许是一条比警察还要聪明的狗。”

第十七章　波洛宣布启程

利文斯通小姐领着客人走了进来，向奥利弗夫人通报道："赫尔克里·波洛先生到了。"

利文斯通小姐走出房间后，波洛在她身后关上门，然后在奥利弗夫人身边坐下。

他稍稍压低了声音，说："我要出发了。"

"你要干什么？"奥利弗夫人问道。她总是会为波洛传达信息的方式感到吃惊。

"我要出发了，出远门。我要坐飞机去日内瓦。"

"听起来你就像是要去联合国组织或是联合国教科文组织之类的地方。"

"不，我这次行程只是一次私人行动。"

"你在日内瓦找到了一头大象吗？"

"嗯，我想您可以这么认为。也说不定是两头大象呢。"

"我没有任何新的发现。"奥利弗夫人说，"实际上，我不知道我还能去找谁了解更多的情况。”

“我想您提到过，或是别人提到过，您的教女西莉亚·雷文斯克罗夫特有个弟弟。”

“没错，我想他叫爱德华。我几乎没怎么见过他。我记得有那么一两次，我把他从学校里接出来玩儿，但那已经是很多年以前的事了。”

“他现在在哪儿？”

“我想他正在加拿大上大学，或者是在那儿读一些工程学的课程。你是想去找他问些什么事吗？”

“不，现在不去。我只是想要知道他现在在哪儿而已。据我所知，那起自杀案发生的时候他并不在家，对吗？”

“你不会是在想——你不会真的认为是他干的吧？我是说，干出开枪射杀他的父母这种事儿。我知道年轻男孩子们有时会做些奇怪的事。”

“他当时并不在家。”波洛说，“这一点我已经从警察的报告中得到确认了。”

“你还发现了别的什么有意思的事吗？你看起来相当兴奋。”

“从某个角度说，我确实很兴奋。我掌握了一些情况，这些情况有可能会使我们之前感到费解的情况变得明朗起来。”

“啊？明朗起来？”

“现在看来，我好像能够理解为什么伯顿－考克斯夫人要接近您，还试图让您帮她问出关于雷文斯克罗夫特夫妇自杀一案的事了。”

“你是说她不仅仅是个多管闲事的人？”

“是的。我想这背后一定有某种动机，也许就在这里，钱被牵涉进来了。”

“钱？钱跟这件事有什么关系？那个女人挺有钱的，不是吗？”

“伯顿－考克斯夫人确实吃穿不愁。但看起来她收养的儿子知道了他自己是被收养的，而她一直以来都把他看作自己的亲生儿子。那儿子对自己的亲生父母一无所知。他一到法定年龄就立下了遗嘱，也许是他的养母强烈要求他这样做的，也许是她让朋友暗示他，又或者是某个她曾经咨询过的律师让他做的。不管怎样，到了那个时候，他也许会觉得他应该把一切都留给他的养母，前提是那时他没有别人继承他的遗产。”

“我不懂，这跟她想了解一起自杀案有什么关系？”

“您不懂吗？伯顿－考克斯夫人想要阻止她儿子结婚。如果德斯蒙德交了个女朋友，如果他打算很快就和她结婚，就像现在很多年轻人那样，他们不会再三考虑之后才做一件事。如果是这样的话，伯顿－考克斯夫人就没法继承他留下的遗产了，因为德斯蒙德和西莉亚的婚姻会使之前的任何遗嘱都失效。而且如果德斯蒙德真的娶了西莉亚，他一定会立一份新的遗嘱。他会把一切都留给他的妻子，而不是他的养母。”

“你是说伯顿－考克斯夫人并不希望这样的情况发生？”

“她希望能找出阻止这场婚姻的理由。我认为她希望，或者她真的相信西莉亚的母亲杀死了丈夫然后又自杀。这种事有可能会打消他结婚的念头。即使是西莉亚的父亲杀了她的母亲，也是一样。这能轻易地影响一个小伙子的想法。”

“你是说德斯蒙德会认为，如果她的父亲或母亲是个杀人凶手，那么她也会有杀人的倾向？”

“也许不像您说得这么直接，但我想差不多是这个意思。”

“但他并不富有，不是吗？他只是个被收养的孩子。”

“德斯蒙德并不知道自己的亲生母亲是谁，但他的生母——一个女演员、歌手，在病死前攒下了一大笔钱，她曾经想要回她的儿子，但伯顿－考克斯夫人并没有同意。我想他的生母很想念他，所以决定将所有财产全都留给他。德斯蒙德满二十五岁就可以继承这笔钱，但现在所有的钱都存放在基金里。所以很显然，伯顿－考克斯夫人不想让他结婚，即使结婚，也只能跟她赞成并能够加以控制的女人结婚。”

“这似乎很合理。伯顿－考克斯夫人并不是个友善的人，对吗？”

“是啊，”波洛说，“我也觉得她不是个好人。”

“这就是为什么她不怎么想见你，也不想让你调查她的事。因为她怕你发现她的计划。”

“有这种可能。”波洛说。

“你还了解到别的什么事吗？”

“是的，我几个小时之前才了解到这件事。加洛韦总警长刚好给我打电话，谈论一些别的小事。但是在我问了他之后，他告诉我那个年老的管家视力很差。”

“那又跟什么有关系呢？”

“有可能有关系。”波洛看了一眼手表，说，“我想我得走了。”

“你要去机场赶飞机了吗？”

“不，我的飞机明天早上才起飞。但今天我还得去一个地方，这个地方我想亲自去看看。外面有辆车等着我——”

“你要去看什么？”奥利弗夫人好奇地问。

“也不完全是看，更多的是去感觉。是的，这个词才准确，去感觉并确认我以前的一些感觉……”

第十八章　小插曲

赫尔克里·波洛穿过教堂大门，走上一条小路。他在一堵长满了青苔的墙前停下了脚步，注视着眼前的一座坟墓。他先是站在那盯着墓碑看了几分钟，然后把目光移到了后面的白垩山丘和大海，之后他的目光又回到了墓碑上。墓碑上有一束新鲜的野花，应该是有人最近才放上去的。花束的样子像是小孩子才会摘的花，但波洛并不这么认为。他读着墓碑上的字：

缅怀

多罗西娅·贾罗

逝于 1960.9.15

以及妹妹

玛格丽特·雷文斯克罗夫特

逝于 1960.10.3

以及妹夫

阿里斯泰尔·雷文斯克罗夫特

逝于 1960.10.3

永远相依相伴

求你宽恕我们的罪

就像我们宽恕得罪我们的人①

主啊，宽恕我们

基督，宽恕我们

圣母玛利亚，宽恕我们

波洛在那儿站了一会儿，他点了点头，然后离开了教堂。他走上一条通往悬崖的步行小路，又一次停了下来，向远处眺望着大海。他对自己说："我现在很确定，我已经知道当年发生了什么，以及发生这些事的原因。一个人必须回顾得如此之远。我的结束即是我的开始，又或是应该反过来说？我的开始已经注定了我悲剧的收场？那个瑞士女孩儿一定知道一切，但是她会告诉我吗？那个小伙子认为她会的。为了那个姑娘和小伙子，她也会告诉我的。除非知道真相，不然他们无法面对生活。"

①出自《天主经》（又称《主祷文》《上帝经》）是基督教最为人所知的祷词，是最为基督徒熟悉的经文。——译者注

第十九章　玛蒂和泽莉

“卢瑟拉小姐吗？”赫尔克里·波洛一边鞠躬一边说。

卢瑟拉小姐伸出手。她大约有五十岁，看上去十分傲慢，应该很有自己的一套行事方法。她应该是那种聪明、理智、富足的人，过着自己的生活，享受着生活中的苦与乐。

“我听说过您的名字，”她说道，“您在这儿和法国都有些朋友。我不太清楚我能为您做些什么。噢，对了，您之前在信里解释过了，是跟过去有关的事，对吗？您想知道的也不完全是真正发生的那些事吧，而是跟那件事有关的线索。来，请坐吧。我想那把椅子还挺舒服的。桌上有些小蛋糕，还有水壶，您请自便。”

卢瑟拉小姐很好客，做起事来有条不紊，看起来也和蔼可亲。

“你曾经在雷文斯克罗夫特将军家做过家庭教师吧。也许现在你记不太清他们了。”

“不会，人们往往不会忘记年轻时候发生的事。雷文斯克罗夫特家有一个女孩，还有一个小四五岁的男孩，都是很好的孩子。他们的父亲后来成了一位陆军将军。”

“将军夫人还有一个姐姐。”

“啊，是的，我想起来了。我最早开始在将军家工作时那个姐姐还没有来。我感觉她有些娇贵，好像身体不太好，那时她正在别的地方进行治疗。”

“你还记得她们姐妹的教名吗？”

“将军夫人叫玛格丽特，她姐姐的名字我现在记不太清了。”

“多罗西娅。”

“啊，对。我基本没什么机会提起这个名字。但她们俩互相称呼时都会用简称，莫莉和多莉。她们是同卵双胞胎，长得非常相像，两个都是美人儿。”

“她们俩关系很好吗？”

“是的，她们对彼此都非常爱护。但是我们是不是有点搞混了？我去教的孩子们并不姓普雷斯顿－格雷。多罗西娅·普雷斯顿－格雷嫁给了一位少校——啊，我记不清他的名字了，阿罗？不对，贾罗。玛格丽特嫁给了一位——”

“雷文斯克罗夫特先生。”波洛接话道。

“啊，对，就是他。真有意思，人怎么就记不住名字呢。普雷斯顿－格雷两姐妹是上一代。玛格丽特·普雷斯顿－格雷以前在这里的寄宿学校上过学，结婚后她给这所学校的校长伯诺伊特夫人写信，请她推荐一个家庭教师去给她的孩子们上课。于是伯诺伊特夫人推荐了我，我就去了他们家。我刚刚提起夫人的姐姐，因为那时她刚好在我任职期间也住在那。我教的是个六七岁的小姑娘，她的名字好像出自莎士比亚的作品，我记得是叫罗莎琳德，或者是西莉亚。”

“是西莉亚。”波洛说。

“那时他们的儿子才三四岁，叫爱德华。他是个淘气又可爱的小孩。那时我跟他们在一起很开心。”

“我听说他们跟你在一起也很开心。他们很喜欢和你一起玩，你对他们也很好。”

“我很喜欢小孩子[①]。”卢瑟拉小姐说。

“他们是叫你玛蒂吗？”

卢瑟拉小姐笑着说：“啊，我喜欢听到这个名字，让我想起很多以前的事。”

“你知道一个叫德斯蒙德的孩子吗？德斯蒙德·伯顿－考克斯？”

“啊，我记得。他住在我们隔壁，或是离我们很近。我们周围的邻居总带着孩子来我们家一起玩。其中有个孩子就叫德斯蒙德，对，我记得他。”

“你在那儿工作了很久吗？卢瑟拉小姐？”

“没有，我在雷文斯克罗夫特家只工作了三四年，之后我就回国了，因为我的母亲那时病倒了。我当时在想要不要回国照顾母亲，因为我知道即使我回来也陪不了她多长时间。果然，我回来之后，过了一年半或两年她就去世了。在那之后我就在这里开办了一所小型寄宿学校，收一些想学习语言或其他学科的年龄稍大的女孩子。我没有再去过英格兰，但有那么一两年我和在英格兰的朋友还保持联系。那两个孩子在圣诞节的时候还会给我寄卡片呢。”

“你觉得雷文斯克罗夫特将军和他的妻子是一对恩爱幸福的夫妇吗？”

“非常幸福，他们两人也都非常爱他们的孩子。”

---

①原文为法语，Moi，j’ aime les enfats ——译者注

“他们般配吗？”

“是的，在我看来，他们双方具备一切能使婚姻美满幸福的特质。”

“你说雷文斯克罗夫特夫人非常爱她的双胞胎姐姐，那她姐姐对她怎么样呢？”

“这个嘛，我并没有很多机会进行这种判断。夫人的姐姐，人们都叫她多莉，说实话，我觉得她一定有精神病。有一两次她的行为十分古怪。我想她是个嫉妒心很强的女人，而且据我所知她曾经和雷文斯克罗夫特将军订过婚，或者至少他们俩打算订婚。在我看来，将军是先爱上了多莉，但之后他又爱上了多莉的妹妹。我想将军还挺幸运的，因为莫莉·雷文斯克罗夫特是个各方面都出众，而且为人很好的女人。而多莉，我感觉她有时候爱自己的妹妹，有时候又恨她。多莉的嫉妒心很强，而且她认为将军夫妇给予孩子们的关怀太多了。有个人比我更清楚这些，她可以给你讲得更加详细，米欧霍拉特小姐，她现在住在洛桑。她在我离开雷文斯克罗夫特一家一年半或两年之后开始在那儿工作。我想在西莉亚出国上学那段时间，她还回去陪伴了雷文斯克罗夫特夫人一阵子。”

“我正打算去见她，我有她的地址。”波洛说。

“她人很好，又靠得住，所以知道很多我不知道的事。之后发生的事真是太惨了，如果有谁知道究竟是什么导致了一切，那也只能是她了。她很谨慎，从来没有告诉过我任何事。我也不知道她会不会告诉你，有可能会，有可能不会。”

波洛盯着米欧霍拉特小姐看了一会儿。他本来已经对卢瑟拉小姐印象深刻了，现在他对这位站在那儿迎接他的女人更为印象深刻。她看起来并不可怕，很年轻，至少比卢瑟拉小姐年轻十岁，而且她身上有一种不一样的气质。她还生气勃勃，看上去很迷人。她一直盯着波洛看，仿佛在审视着什么，眼神中带着对波洛的欢迎和友善之情，但又没有过度温柔。波洛暗自想道，这个女人很特别。

“我是赫尔克里·波洛，小姐。”

“我知道，我想您今天或明天就会来的。”

“啊，你收到我的信了？”

“没有，那封信一定还在邮局。我们这儿的邮局总是不按时送信。我是收到了别人的来信。”

“西莉亚·雷文斯克罗夫特吗？”

“不，是一个和西莉亚关系亲密的人写来的信。一个叫德斯蒙德的男孩，或是个小伙子，看我们要怎么称呼他了。他告诉我您要来。”

“啊，我明白了。他很聪明，也不愿意浪费时间。他极力敦促我来找你。”

“所以是有什么麻烦事吗？他和西莉亚都想解决的麻烦事？他们认为您能够帮助他们？”

“是的，而且他们也认为你能够帮助我。”

“他们正在恋爱，想要结婚。”

“是的，但是有些麻烦事阻挡了他们结婚的脚步。”

“啊，是德斯蒙德的母亲吧，是他告诉我的。”

“西莉亚的生活里有些事，或是说曾经有些事，使德斯蒙德的母亲对她产生了偏见，并不想让他这么快就和西莉亚结婚。”

“啊，是因为那起惨案。那可真是人间惨剧啊。”

“是的，就是因为那起惨案。西莉亚有位教母，德斯蒙德的母亲让她试图从西莉亚身上套出那起自杀案究竟是如何发生的。”

“这简直可笑。”米欧霍拉特小姐一边比画着一边说，“坐吧，请坐吧。我想我们要谈一阵子了。西莉亚的教母，是阿里阿德涅·奥利弗夫人吧，那个小说家？我记得了。西莉亚没法告诉她什么，因为她自己什么都不知道。”

“那起惨案发生时她并不在家，之后也没有人告诉她发生了什么事，对吗？”

“是的，就是这样。人们觉得还是不告诉她比较好。”

“是这样啊。你觉得这个决定好不好呢？”

“这很难说。过去这么多年了，我还是不确定。据我所知，西莉亚从来没有为此事担忧过。我是说，她从来没有迫切地想知道究竟为什么会发生这件事。她接受了父母的自杀，就像他们是因为一起飞机失事或车祸而死一样，反正是有某些事导致了她父母的死亡。在那之后，她在国外的寄宿学校生活了很久。”

“我想那所寄宿学校是你开办的，对吗？米欧霍拉特小姐？”

“是这样。我最近才退休，我的一个同事已经接手学校。当时西莉亚被送出国，她的家人要求我给她找一个地方能让她更好地继续学业，很多女孩都为了这个目的来到瑞士。我本来可以为她推荐几所学校，但那时我决定亲自带她学习。”

“西莉亚没有问你任何关于她父母的问题，也没有要求你解释什么吗？”

“没有。那是在惨案发生前的事。”

“噢？我没太明白。”

“在惨案发生的前几周，西莉亚来到了这里。我当时并不在这儿，我还在英格兰陪着雷文斯克罗夫特将军和夫人。我更多的是负责照顾夫人的起居，而不是给西莉亚当家庭教师，她那时还在英格兰国内的学校上学。但将军夫妇突然决定要把西莉亚送来瑞士完成她的学业。”

“雷文斯克罗夫特夫人一直身体不太好，是吗？”

“是的。也并不是很严重的病，根本不像她自己感觉的那么严重。但她确实经受着紧张和焦虑的煎熬。”

“你一直陪着她吗？”

“我在洛桑的一个姐姐去接的西莉亚，然后把她安排进一所只有十五六个女孩的学校。她在那儿开始学习并等着我回去。三四个星期之后，我回去了。”

“这么说，那起惨案发生时，你人在欧克雷夫？”

“是的，我在那里。那天将军和夫人像往常一样出去散步，但再也没有回来。发现他们的时候，两人已经死了，是被枪打死的。凶器在两人身旁，是一把将军的枪，他一直把它放在书房的抽屉里。枪上有他们两人的指纹，但无法查明究竟最后握枪的是谁。枪上的痕迹也属于二人，但有些模糊了。很明显，是一起双双自杀的案子。”

“你觉得没有什么可疑之处？”

“就连警察都没找到可疑之处，我又有什么可怀疑的呢！”

“啊，是这样。”波洛说。

“您说什么？”米欧霍拉特小姐问道。

“没什么。只是我脑子里闪现出了什么东西。”

波洛看着她。她棕色的头发还没有开始变白，嘴唇紧闭，灰色的眼睛，没有表情的脸，这一切都表明她在努力控制自己。

“那么，你没有什么别的能告诉我了？”

“恐怕没有了，这件事已经过去太久了。”

“但你对于那件惨案记得很清楚。”

“是的，没人能轻易忘掉那样一件悲惨的事。”

“你也同意西莉亚没有必要知道这件事的更多细节和它发生的原因吗？”

“我不是才说过吗，我不知道别的事了。”

“在惨案发生前，你在欧克雷夫住了一段时间，对吗？四五个礼拜，也许是六个礼拜？”

“实际上比六周还要久一些。我之前给西莉亚当过家庭教师，但这次我还是回到了将军家。西莉亚去上学之后，我回去帮助雷文斯克罗夫特夫人。”

“那时雷文斯克罗夫特夫人的姐姐也跟她住在一起，对吗？”

“是的。夫人的姐姐之前在医院进行了一段时间的特殊治疗，她的病情有很大的好转。所以专家认为——我是说，精神病专家认为，如果她可以出院和她的家人在家庭氛围下生活，对她的病情会更加有所助益。正好那时西莉亚已经出国上学，对雷文斯克罗夫特夫人来说是个很好的时机，她可以邀请她的姐姐来和她一起生活。”

“她们感情好吗？那两姐妹？”

“这很难说。” 米欧霍拉特小姐说道。她的眉毛皱在一起，好像波洛刚刚说的话引起了她的兴趣似的。“我一直在想，想了很久，她们两个人是同卵双胞胎。她们之间有一种纽带，一种互相依存、互相爱护的纽带。她们在很多方面都非常相像，但在其他方面她们并不相像。”

“你指的是什么？我恰好对你刚刚提到的事很感兴趣。”

“噢，这和那起惨案没有关系，不是那样的事。但是要我说，夫人的姐姐一定有某种生理或心理上的瑕疵，您愿意怎么说都行。现在有些人认为，任何精神上的疾病都是由生理上的原因导致的。我想从医学专业的角度来说，同卵双胞胎出生后可能会有一种很积极的纽带，两人的性格会非常相近，不管他们是否生活在一起、生活的环境如何，他们总会在生命的同一时间经历同样的事，也会有相同的倾向。有几个类似的例子已经被医学界作为引证了。例如，有一对双胞胎姐妹，姐姐生活在比如法国，妹妹生活在英格兰。她们两人几乎在同一天开始养了同一种狗；她们所嫁的两个人极为相似；她们在相隔一个月不到的时间内都生了孩子。不管她们两人身处何地，她们就像是在遵从同一种生活模式一样，但她们俩却完全不知道对方在干些什么事。除了这种，还有另一种截然相反的类型，双胞胎之间产生强烈的厌恶，甚至是憎恨之情。双胞胎中的一个会离开、拒绝接受另一个，他不想经历那些相同、相似，也不想共享他们相似的特征。这可能会导致非常奇怪的结果。”

“我懂。”波洛说，“我听说过这种事，也见过一两次。爱可以很容易地变成恨。恨一个你爱过的人比继续一样地爱这个人要容易得多。”

“啊，您也见过这种情况。”米欧霍拉特小姐说。

“是的，我不止一次地见过这种情况。雷文斯克罗夫特夫人的姐姐跟她很相像吗？”

“我认为她们在外表上很像，但我要说，那个姐姐脸上的神情可是太不同了。她总是很紧张，而雷文斯克罗夫特夫人刚好相反。夫人的姐姐很讨厌小孩，我也不知道为什么。也许她早年间流产过，也许她很久以来一直想要个孩子却无法怀孕。但她确实对小孩有一种憎恨的感情，她很不喜欢他们。”

“夫人姐姐这种对孩子的厌恶之情已经导致了一两起严重的事件，对吗？”

“有人跟您提过那件事了？”

“我是从一个认识她们两姐妹的人那儿听说的，那时她们还都在马来亚。雷文斯克罗夫特将军夫妇和夫人的姐姐都在那儿。多莉那时去了那儿跟将军夫妇一起生活。那时发生过一起跟小孩有关的意外，据说多莉多少应该为那件事负责。虽然并没有什么确实的证据，但据我了解，雷文斯克罗夫特将军在那件事发生之后把她带回了英格兰，将她再一次送进了精神病院。”

“是的，我想这很准确地描述了发生的事。当然了，我也没有掌握第一手消息。”

“但有些事您确实知道，我想那是您从自己的知识经验中推理而出的。”

“就算是这样，我也不认为有必要再旧事重提。让事情停留在最容易被人们接受的地方，这样难道不好吗？”

“那天在欧克雷夫还有可能发生了别的事。也许将军夫妇是双双自杀，也许他们的死是件谋杀案，也可能是些别的什么。所有案情都是别人告诉你的，但是我认为根据你刚才说的话来看，你知道那天究竟发生了些什么。我还认为你可能知道那时候有些什么事是即将发生的，在那件事发生之前的一段时间，西莉亚去了瑞士，而你仍留在欧克雷夫。我想问你一个问题，我想知道你的答案。这个问题不是关于你了解的信息的，而是关于你相信什么。雷文斯克罗夫特将军对那对双胞胎姐妹的感情如何？”

“我明白您想说什么。”

米欧霍拉特小姐第一次改变了态度，显得不再那么戒心重重了。她向前倾了倾身子，仿佛做好准备把这件事告诉波洛，从而终于获得解脱。

“作为女人，她们两个都很漂亮，”米欧霍拉特小姐说，“我从很多人那里听说，雷文斯克罗夫特将军曾经爱过多莉，就是那个精神有些问题的姐姐。虽然她的性格不怎么招人喜欢，但她仍然是个非常吸引人的姑娘，我是指两性方面的那种吸引。将军那时很爱她，我不知道之后他是否发现了多莉性格中某些可怕的因素，也许是有些事提醒了他，或是他产生了某种反感。他也许发现了多莉身上精神错乱的征兆，以及她会给自己带来的危险。之后将军的爱慕就转移到了她妹妹身上。他爱上了那个妹妹，然后和她结了婚。”

“你是说，将军爱过她们两个人，只不过时间不同。而且每一次都是真心实意。”

“是的，将军对莫莉非常忠诚，他们两个互相依赖。他是个很可爱的人。”

“请原谅我，”波洛说，“我想你也爱他，对吗？”

“你——你怎么敢对我说这样的话？”

“是的，我敢说。我不是说你和他曾经有过什么暧昧，我只是说你爱过他。”

“是的，”泽莉·米欧霍拉特小姐说，“我爱过他。其实，我一直爱着他。这没什么丢人的。他信任我，依赖我，但他从来没有爱过我。我爱他，但我只能为他工作，我仍旧觉得幸福。我从来没有乞求过更多，我只需要他的信任、同情——”

“你确实尽你所能，”波洛说，“在他生活中出现如此危机时帮助他。有些事情你并不想告诉我，但有些事我却一定要说给你听。这些事都是我从不同渠道得知的，我了解一些事。在我来见你之前，我已经从其他人那里听说了一些情况。那些人不仅认识雷文斯克罗夫特夫人，也就是莫莉，他们还认识多莉。我对多莉生活中的惨剧也有所了解，她的忧伤、不快、怨恨、一连串的罪恶以及对毁灭的热衷，这一切都有可能在她的家族中延续下来。如果多莉真的爱过那个与她订婚的男人，在他和她妹妹结婚的时候，她一定恨极了自己的妹妹。也许多莉从来都没有原谅过莫莉。但是莫莉·雷文斯克罗夫特呢？她也讨厌自己的姐姐吗？她恨多莉吗？”

“噢，不。”米欧霍拉特小姐说，“莫莉爱她的姐姐。她的爱既深沉，又充满了保护欲。有一点我是知道的，莫莉总是请她的姐姐来跟她一起住。她想拯救姐姐，使她脱离不幸和危险，因为她姐姐总会旧病复发，使自己陷入危险之中。好了，您知道的够多了。您刚才已经提到过多莉对小孩的厌恶了。”

“你是说她不喜欢西莉亚？”

“不，不是西莉亚。是另一个，爱德华，那个弟弟。有两次爱德华差点儿发生意外。一次是因为一辆车，另一次是因为他突然做出很多恼人的事儿。我知道，当爱德华回去上学的时候莫莉也很开心。他那时还很小，比西莉亚小很多，好像才八九岁，还在读预备学校。他很脆弱，莫莉总会为他担惊受怕。”

“是的，我能理解。”波洛说，“现在，我想要谈谈假发的事。究竟该如何戴假发，又是为什么会有四顶假发。你不觉得对一个女人来说，同时拥有四顶假发有点儿太多了吗？我知道它们都是什么样式的，我也知道它们各自适合怎样的场合。是一位法国姑娘去伦敦的店里订购的。除此之外还有一条狗，一条惨剧发生当天和雷文斯克罗夫特将军夫妇一起出门遛弯的狗。而不久之前，那条狗曾经咬伤过它的女主人，莫莉·雷文斯克罗夫特。”

“狗都是那样的，”米欧霍拉特小姐说，“永远不能太信任它们，我确信这一点。”

“我将告诉你我认为在那天究竟发生了什么。还有那天之前发生了什么，惨剧发生前不久发生了什么。”

“如果我不听呢？”

“你会听的。你也许会说我的想象是错误的，是的，你也许会那样说。但我不认为你真的会这么说。我告诉你，现在我们最需要的是真相，我完全相信这一点。这不仅仅是想象。一个姑娘和一个小伙子互相爱慕，但他们不敢去面对未来，因为过去的事会从父母转移到孩子身上。西莉亚是一个具有反抗精神的姑娘，她聪明、勇敢、生机勃勃，她能勇敢地追求她的幸福，但她需要——人们都需要——一个真相。他们能够鼓起勇气面对，因为这是生活中的必需。至于那个她深爱的男孩，他也希望西莉亚能知道真相。你愿意听我说了吗？”

“好吧，”泽莉·米欧霍拉特小姐说，“我要听。您知道很多，我想您知道的事比我想象的多得多。请说吧，我洗耳恭听。

第二十章　特别法庭

赫尔克里·波洛再一次站到悬崖上，俯瞰着下方的礁石，汹涌的海浪不断拍打着它们。他脚下就是当年发现那对夫妇尸体的地方。而惨剧发生前三周，也是在这里，另一个女人在睡梦中走下悬崖摔死了。

“为什么会发生这种事呢？”加洛韦总警长曾经这样问过。

为什么？又是什么引起的？

首先发生了一起意外，三周后一对夫妻双双自杀。旧时的罪孽有长长的阴影。一切都开始于多年前，但在多年后却导致了悲剧收场。

今天将会有一些人在这里聚集——一个男孩和一个女孩，他们想要知道事实的真相，还有两个已经知道真相的人。

赫尔克里·波洛转过身，走向那条通往一座房子的小径。那座房子曾经叫作欧克雷夫。

这段路程并不遥远，他看到墙边停着几辆车。他看着天空映衬出的房子轮廓，这明显是幢空房，还需要重新粉刷。门上有一个房地产商的告示板，宣布这幢“不可错过”的房子正在待售。大门上欧克雷夫的字样已经被划掉，取而代之的是“高地庄园”几个字。有两个人正向他走来，波洛也上前迎去，是德斯蒙德·伯顿－考克斯和西莉亚·雷文斯克罗夫特。

“我跟房地产代理人约好了，”德斯蒙德说，“说我们想看看这幢房子。我也拿到了房子的钥匙，万一我们想进去看看呢。过去五年里，这幢房子转手了两次。但现在房子里应该没有什么可看的了，对吗？”

“我不这么认为，”西莉亚说，“毕竟这幢房子属于过很多人。一个姓阿彻的人先买了它，后来的主人姓法洛菲尔德。他们说这幢房子里太孤单了，现在最后一任房主也要卖掉它，也许他们觉得这幢房子闹鬼。”

“你也相信房子会闹鬼？”德斯蒙德问。

“我当然不信了，”西莉亚说，“但也许真的有那种事呢？我是说，这儿毕竟发生过那样的事，这种地方——”

“我不这么认为，”波洛说，“这里虽然有过悲伤和死亡，但也有过爱。”

一辆出租车沿着公路驶来。

“我想那会是奥利弗夫人。”西莉亚说，“她说她会坐火车到车站，然后从那儿坐出租车过来。”

从车里走出两个女人。一位是奥利弗夫人，和她一起的是一位高个子的优雅女人。波洛事先知道她要来，所以并未感到惊讶。他盯着西莉亚，看她会有什么样的反应。

“啊！”西莉亚冲了过去。

西莉亚跑向那个女人，脸上的神情一下亮了起来。

“泽莉！”她说，“是泽莉吗？真的是泽莉！啊，我真是太高兴了。我不知道你也要来。”

“赫尔克里·波洛先生要我来的。”

“我懂了。”西莉亚说，“是的，我好像懂了。但是我——我不——”她停住了。她转过头看着站在她身旁的英俊男友：“德斯蒙德，是——是你吗？”

“是的。是我写信给米欧霍拉特小姐——给泽莉，如果我仍然可以这样称呼她的话。”

“你可以一直这么叫我，你们俩都一样。”泽莉说，“我本来并不确定我想要来，也不确定这是否是个明智的决定。我现在还是不清楚，但我希望这是明智的。”

“我想知道，”西莉亚说，“我们两个都想知道。德斯蒙德认为你能告诉我些什么。”

“波洛先生之前来见了我，”泽莉说，“他说服了我，让我今天来这里。”

西莉亚挽起奥利弗夫人的手臂：“我希望您也能来，因为您为这件事也出了不少力。是您去找的波洛先生，而且您自己也有很多发现，不是吗？”

“人们告诉了我一些事情。”奥利弗夫人说，“我之前就感觉那些人会记得一些事。有些人确实记得，有些人记得对，也有些人记错了。他们告诉我的事都搅在一起，让人有些困扰。但波洛先生说那都没关系。”

“是的，”波洛说，“道听途说的消息和确定的事实一样重要。因为你可以从一个人那里了解到很多消息，尽管这些消息不一定都是正确的，也不一定能解释什么。而您从我这儿得到的消息，夫人，从那些您称作大象的人——”

“大象？！”米欧霍拉特小姐说。

“这是她的叫法。”波洛说。

“大象从不忘记。”奥利弗夫人解释道，“那是我一开始的观点。有些人能像大象一样，清楚记得很多年以前发生的事。当然不是所有人，但他们通常都能多多少少记得一些事。有很多人都记得。我把我听到的很多信息告诉了波洛先生，然后他做了一种——啊，如果他是个医生的话，我会说他做了一次诊断。”

“我列了一张单子，”波洛说，“这张单子上记录了每一项指向多年前真相的要点。我应该为你们读一下，看看哪一项跟你们有关系，哪一项比较重要。但你也许看不出它们有多重要，甚至你可能觉得它们平凡无奇。”

“我想知道，”西莉亚说，“那件案子究竟是自杀还是谋杀？是某个外来的人杀死了我的父母吗？是出于某种我们都不知道的原因，他才杀死了他们吗？我一直就觉得有那样的事，虽然这很可怕，但是——”

“我想，我们就先在这里待着。”波洛说，“我们先不进去。之前有过其他的人住在房子里，那里的环境已经变了。在我们的特别法庭结束后，我们也许会进去看看。”

“这是个特别法庭吗？”德斯蒙德问。

“是的，针对过去发生的事的特别法庭。”

他走向房子边上的几把铁椅子，椅子笼罩在旁边一棵高大木兰的阴影下。波洛从他的手提箱中拿出一张写有字的纸，他对西莉亚说道：“对你来说，你父母那件案子的真相一定只能是自杀或谋杀两者中的一种吗？”

“这两者之中的一种一定是事实的真相。”西莉亚说。

“我应该要告诉你，两个都是真的。而且除了这两种解释以外，还有别的解释。根据我的想法，我们面对的不仅是一起谋杀，还是一起自杀，但我们面对的也是一起死刑，还有一出悲剧。一出两个相爱的人为爱情而死的悲剧。这样的悲剧不仅仅属于罗密欧与朱丽叶，也不仅仅只有年轻人会承受爱情带来的痛苦，并时刻准备好为爱牺牲。不是这样的，还有很多别的可能。”

“我不明白。”西莉亚说。

“还没到时候。”

“我会明白吗？”西莉亚问道。

“我想你会的。”波洛说，“我会告诉你我认为发生了什么，也会告诉你我为什么会这么认为。首先触动到我的是那些无法被警察找到的证据所解释的事，一些很平常的事，也许你会认为它们连证据都算不上。死去的玛格丽特·雷文斯克罗夫特拥有四顶假发。”他又强调了一遍，“四顶假发。”他看了看泽莉。

“她并不是一直都戴着假发。”泽莉说，“只是偶尔才戴。如果她要出门旅游，或是她之前出门把头发弄乱了，而她又想快些整理好自己的妆容，又或是有时她会戴一顶适合晚上戴的假发。只有这样的场合下她才会戴假发。”

“是的。”波洛说，“那时候这样做很时髦。人们出国旅行时一定会带上一两顶假发。但是她有四顶假发。在我看来，四顶有点太多了。我很好奇为什么她需要四顶假发。根据我询问的那位警察的说法，玛格丽特并没有秃顶的趋势，她的发量对于她那个年龄段的女人来说非常正常，而且发质还很好。这一切都使我感到好奇。后来我了解到，有一顶假发上夹杂了些灰色发绺，另一顶是小卷发，这都是她的美发师告诉我的。她去世那天戴着的是小卷发那顶。”

“那又意味着什么呢？”西莉亚问，“她总之都要戴一顶的。”

“也许吧。但我也了解到，管家曾对警察说过，在她死前的最后几周，她几乎每时每刻都戴着那顶假发。看起来那顶假发是她的最爱。”

“我不明白——”

“有一种说法，加洛韦总警长总是向我提到，‘同一个人，不同的帽子’。这个说法让我开始思考。”

“我还是不明白——”西莉亚重复道。

波洛说：“还有关于狗的证据——”

“狗？狗做了什么？”

“狗咬了她。据说那条狗对它的女主人十分忠诚，但在她生命的最后几周中，那条狗对她的态度却有一百八十度的大转变，还不止一次地咬了她。”

“你的意思是说，那条狗知道她要自杀？”德斯蒙德注视着波洛说。

“不，要比那简单得多——”

“我不——”

波洛继续说道——“不，它只是知道一件别人不知道的事。它知道她并不是它的女主人，她只是长得很像它的女主人罢了。那个管家眼睛看不清，又有些聋，她只是看到一个穿着莫莉·雷文斯克罗夫特衣服的女人，而且这个女人还戴着她最喜爱的假发——那顶满头小卷的假发。那个管家曾经提到过，她的女主人在死前最后几周的态度有些异样。‘同一个人，不同的帽子’是加洛韦总警长的话，但我之后想到的是‘同一顶假发，不同的女人’。那条狗知道，它可以通过鼻子闻出来，那并不是同一个女人，并不是它喜欢的女人，而是一个它不喜欢甚至害怕的女人。于是我就想，假如那个女人不是莫莉·雷文斯克罗夫特的话，她会是谁呢？她有没有可能是莫莉的双胞胎姐姐，多莉呢？”

“但那是不可能的。”西莉亚说。

“不，这并不是不可能的。你们要记得，毕竟她们两个是双胞胎。现在我要说一些奥利弗夫人引起我注意的事。别人告诉了她一些事，是关于雷文斯克罗夫特夫人的事。她生病住进了一家医院或是疗养院，也许她知道自己得了癌症，或是认为自己得了。但是，医生的看法却刚好相反。在那之后，也许她仍旧那么认为，但事实并不是那样。之后我一点一点地得知了她和她双胞胎姐姐早期生活的一些事，她们就像普通双胞胎一样相亲相爱，什么都一样：穿一样的衣服，发生同样的事，同时生病，同时结婚。最终，就像很多双胞胎一样，她们再也不想什么都一样了，于是她们两个想要变得完全相反，尽可能地变得和对方不同。她们之间甚至还产生了厌恶。除此之外，还有另一个原因导致她们的分开。阿里斯泰尔·雷文斯克罗夫特年轻时爱上了多罗西娅·普雷斯顿－格雷，也就是双胞胎中的姐姐。但之后他又爱上了双胞胎中的妹妹，玛格丽特，并和她结了婚。毋庸置疑，嫉妒心就这么产生了，之后还导致了两姐妹的疏远。玛格丽特仍旧深深爱着她的姐姐，但多罗西娅却不再像以前一样爱着自己的妹妹。在我看来，这可以解释很多事。多罗西娅是个充满悲剧的人物。她的精神状态总是不稳定，但这并不是她自己的错，而是某种遗传上的意外导致的，跟基因有关。她还很年轻的时候就产生了对小孩子的厌恶，但是没有人知道究竟是因为什么。我们完全有理由相信有一个孩子是因她而死。尽管证据不够明确，但对于医生来说已经足够让她住院进行精神治疗了。所以在之后的几年中，她在一所精神病院内接受治疗。当医生认为她已经痊愈之后，她重新开始了正常的生活，还时不时去跟她的妹妹一起住一段时间。当莫莉和雷文斯克罗夫特将军他们被派往马来亚时，多莉还去跟他们一起住了。就在那里，又发生了一起意外，这次是邻居家的小孩。尽管还是没有明确的证据，但看起来多罗西娅又要对那起意外负责。于是雷文斯克罗夫特将军把她带回了英格兰，送进了医疗机构进行治疗。又一次，她看起来已经痊愈，医生也又一次说她可以出院开始正常的生活。这一次，玛格丽特相信多罗西娅真的已经完全康复，并认为她应该来和他们一起住，这样他们就可以周全地照顾她，以便能及时发现她是否再次发病。我认为雷文斯克罗夫特将军并没有同意。我想他有一种很强烈的信念，就像是有些人天生畸形、身体麻痹或是瘸腿一样，他相信多莉大脑中的毛病一定会一次又一次复发。这样一来，她必须被严加看管，才能避免更多惨剧的发生。"

"你是说，"德斯蒙德问道，"多莉开枪杀死了雷文斯克罗夫特夫妇吗？"

"不，"波洛说："那不是我的结论。我认为多罗西娅只是杀死了她的妹妹，玛格丽特。有一天她们两人去悬崖边散步，多罗西娅把妹妹从悬崖上推了下去。她心中沉睡已久的怨恨全部爆发了出来。她可能在想，为什么妹妹和她如此相像，但妹妹却是那个身心都健康的人。仇恨、嫉妒、杀戮的欲望一下子全部涌了上来，使多罗西娅不能自已。我想有一个局外人对这件事是知情的，因为她当时就在这里。我想你知道这件事，泽莉小姐。"

"是的，我知道。"泽莉·米欧霍拉特说，"我那时确实在这里。雷文斯克罗夫特将军夫妇一直很担心多罗西娅。当他们看到多罗西娅试图伤害他们的儿子爱德华后，他们立刻将爱德华送回了学校，而我和西莉亚一起去了瑞士。我把西莉亚安顿好之后又回到了这里。有一次家里只有我、雷文斯克罗夫特将军夫妇和多罗西娅，大家心情都很好。接着就出事了。两姐妹一起出门，但只有多莉一个人回了家。她那时处于一种很异常的精神状态下，非常紧张。她进了屋，在茶几边坐了下来。过了一会儿，雷文斯克罗夫特将军发现她的右手上有血，于是他就问她是不是跌了一跤。她回答说‘噢，没有，不是什么大事儿。什么都没发生，我只是被玫瑰刮到了’。但在房子周围根本没有玫瑰。她的谎话太愚蠢了，如果她说是被荆豆刮伤，我们没准儿就信了。我跟着雷文斯克罗夫特将军走出了门，一路上他一直在说：‘玛格丽特出事了，我敢肯定莫莉出事了！’后来我们在悬崖下方的一个石台上找到了她，她被岩石撞得不轻。将军夫人那时还没有死，但已经失血过多。当时我们完全不知所措。我们不敢移动她。我们认为得马上找个医生来，但还没等我们来得及去，夫人就抓住了将军的胳膊。她气若游丝地说：‘是的，是多莉干的。她不知道她自己在干什么。她真的不知道，阿里斯泰尔，你一定不能让她因此受苦，她根本意识不到自己做了什么事，为什么做那些事。她没法控制自己，她从来都没法控制自己。你一定要答应我，阿里斯泰尔。我想我就快死了。不——不，我们没时间找医生了，即使找来医生也无济于事。我一直躺在这儿流血，我知道我很快就要死了，但是你一定要答应我。答应我你会救她。答应我你不会让警察抓她。答应我她不会因为这件事受到审讯，她不能被当作罪犯在监狱里过一辈子。把我的尸体藏起来吧，这样就没人会发现了。求求你了，这是我求你的最后一件事。我爱你胜过这世上的一切，如果我能为了你而活下去，我一定会的，但现在不行了。我能感觉到。我爬了一小段距离，但我的身体已经不允许我做别的事了。答应我。还有你，泽莉。我知道你也爱我，你一直对我很好，总是照顾我。你也爱孩子们，所以你必须救救多莉。你必须救救可怜的多莉。求求你了，请看在我们对彼此的爱的分上，一定要救救多莉。’”

“之后呢，”波洛说，“你做了什么？在我看来，你一定——”

“是的，她死了。她说完最后那些话之后，不到十分钟就死了。然后我帮助将军把尸体藏了起来。我们抱着夫人，沿着悬崖又走了一段路，把她的尸体藏到了一个有很多岩石的地方，然后尽我们所能地把她埋起来。那里并没有通路，必须爬着才能过去。从头至尾，阿里斯泰尔只是在重复说着：‘我答应了她，我必须兑现我的诺言。我不知道该怎么做，我不知道怎么救她。我不知道。但是——’不过，我们确实做到了。多莉在家里，她很害怕，近乎绝望的害怕，但同时她又表现出一种恐怖的满足感。她说：‘我一直都知道，这么多年来一直都知道，莫莉才是真正的魔鬼。她把你从我身边抢走了，阿里斯泰尔。你是属于我的，但是她把你抢走了，还强迫你跟她结婚。我一直都知道。现在我好害怕。他们会对我怎么样——他们会说些什么？我不能再被关起来了。我不能，我不能。我会疯的。你不会让我被关起来的，他们会把我带走，说我是凶手。这不是谋杀啊。我只是不得不这么做。有时候我不得不做很多事，我想看见血，你懂吗？我没法看着莫莉死去，所以我跑了。但是我知道她一定会死的，我只是希望你不会找到她。她只是跌下了悬崖，人们都会说那只是一起意外。’”

“这真是一个可怕的故事。”德斯蒙德说。

“确实。”西莉亚说，“这确实是一个可怕的故事。但是知道真相总是好一些的，不是吗？我甚至无法为她感到难过，我是指我的母亲。我知道她是个很好的人，我也知道她心里根本没有一丝丝邪恶的念头，她是一个善良的人。我知道，并且理解为什么我父亲不想和多莉结婚。他想要娶我母亲是因为他爱她，而且他也发现多莉有些不正常，她的性格既邪恶又扭曲。但是怎么——你们究竟是怎么做到一切的？”

“我们说了很多谎。”泽莉说，“我们希望尸体不会被发现，也许晚些时候尸体会被海浪卷进海里，那样的话看起来就像是她跌下悬崖，摔进了海里。但是后来我们想到了梦游这种说法。我们要做的事很简单。阿里斯泰尔说：‘你知道吗，这太可怕了。但是我答应过——我向莫莉发过誓，要按照她死前的意愿来做。一定有一种办法，一个可行的办法能救多莉，只要她能演好她自己那部分戏。但我不知道她能否做到。’我说：‘做什么？’他说：‘我们可以假装她才是莫莉，而梦游中跌下悬崖摔死的是多罗西娅。’我们做到了。我们把多莉带到一间闲置的屋子里，我在那里和她待了几天。阿里斯泰尔则对外宣称莫莉因为无法承受她姐姐的死讯而被送去了医院。之后我们把多莉带了回来，假装她就是莫莉，让她穿着莫莉的衣服，戴着她的假发。我还去订了额外的假发，那种带有小卷的假发能很好地伪装她。我们的老管家眼神不太好。多莉和莫莉又长得非常相像，声音也几乎一样，于是每个人都轻易地接受了她才是莫莉这件事。只是由于受到了打击，她的行为举止有些不同。一切都看起来很自然。这就是整件事中最可怕的部分——”

“但她怎么能保守住这个秘密？”西莉亚问，“那一定很困难。”

“不——她并不觉得困难。你看，她得到了她想要的——她一直想要的。她得到了阿里斯泰尔——”

“但是阿里斯泰尔——他怎么能忍受？”

“在他安排我回瑞士的那天，他告诉了我他为什么忍受以及如何忍受的。他告诉了我我要做的事，也告诉了我他要做的事。他说：‘现在我只有一件要做的事。我答应过玛格丽特不会把多莉交给警察，人们永远不会知道她是杀人凶手，孩子们也永远不会知道他们的姨妈杀死了他们的母亲。谁都不必知道她杀了人。她只是在梦游中跌下悬崖摔死了，是一起悲惨的意外罢了。她会以自己的名字被埋葬在教堂中。’我问阿里斯泰尔：‘你怎么能做到这一点呢？’他说：‘因为我接下来要做的事——你一定要知道。多莉不能再继续活下去了。如果她靠近小孩，她一定会夺走更多的生命。她没有权利再继续活下去。但是你一定要理解，泽莉，为了完成我将要做的这件事，我必须同时付出自己的生命。接下来的几周，我会和多莉在这里平静地生活，假装她就是我的妻子，但在那之后就会发生另一起惨剧——’我告诉他我没有理解他的意思，我问他：‘另一起惨剧？又一次梦游吗？’他说：‘不，人们将会知道的是我和莫莉双双自杀，但我想没有人会知道原因。他们也许会觉得是由于她认为自己得了癌症，或是我有那样的想法，他们怎么想都可以。但是你一定要帮助我。泽莉，你是唯一一个真正爱我和莫莉还有孩子们的人。如果多莉一定要死，这件事只能由我来完成。她不会感到难过或是害怕。我会先开枪杀了她，然后再自杀。她的指纹也会出现在凶器上，因为不久之前她拿过那把枪，而我的指纹也会留在那里。正义必须得到伸张，而我要来充当这个处决者。我想让你知道的是，我曾经——现在仍然爱着她们两个。我爱莫莉胜过我自己的生命，而对于多莉，我为她与生俱来的不幸感到难过。你一定要记住这点——’”

泽莉站起来，走向西莉亚：“现在你知道真相了。我答应过你父亲永远不会让你知道。我从来都不想向你或任何人吐露真相。是波洛先生让我改变了想法。但是——这真是个可怕的故事——”

“我理解你的心情。”西莉亚说，“也许从你的角度来说是对的，但是我——我很高兴能知道真相，因为现在的我好像卸下了一副重担——”

“因为现在，”德斯蒙德说，“我们两个都知道了真相，而且我们都不会在意。这确实是一起惨剧。就像波洛先生说过的，这是一起两个相爱的人之间的惨剧。但他们并没有互相残杀，因为他们深爱着对方。一个人被杀死了，另一个人则充当了处决者，从而保证了不会有更多的孩子被伤害。即使他做错了，人们也能原谅他。而我认为他并没有做错。”

“多莉总是个让人害怕的女人。”西莉亚说，“在我还是个孩子的时候我就害怕她，我也不知道为什么。但是现在我知道了。我认为我父亲是个勇敢的人，他做到了我母亲临终前祈求他做的事。他拯救了我母亲深爱的姐姐。我想要这么去想这件事——我这么说真是傻——”她怀疑地看了看波洛，继续说道，“也许您并不这么认为。我真希望您是个天主教徒，但墓碑上写的话是‘永远相依相伴’。那并不意味着他们是同时死去的，但我认为他们一直在一起。我认为发生了那件事之后，他们才真正地在一起了，因为他们是两个深爱对方的人。还有我那个可怜的姨妈，从现在开始我会更加理解她，因为她无法控制自己的所作所为。”西莉亚的声调突然恢复了正常，“她并不是个好人。你没法让自己喜欢一个这样的人。如果她尝试改变自己的话，也许她能够变好，也许不能。如果她无法变好的话，人们应该把她看作一个得了重病的人——比如说，一个得了瘟疫的人，村子里的其他人不会让她出门，也不会给她送吃的。因为如果那么做了的话，全村人都会死。类似这样的情况吧。但是我会试着为她感到难过的。至于我的父母——我不会再为他们感到担忧了。他们是那么深爱对方，还同时爱着可怜的、不幸的、憎恨他们的多莉。”

“西莉亚，我认为，”德斯蒙德说，“我们最好尽快结婚。我可以告诉你，我母亲绝对不会知道刚才我们谈论的任何事。她根本不是我的亲生母亲，我也不相信她能保守这种秘密。”

“德斯蒙德，你的养母，”波洛说，“我有充分的理由相信她非常想插手你和西莉亚之间的事，并且试图影响你的决定，让你认为西莉亚从她父母身上继承了一些可怕的特质。但是你要知道一件事，也可能你还不知道，那么我现在来告诉你，你将会继承你亲生母亲的遗产，她不久前才去世，留给了你一大笔钱，你一到二十五岁就可以继承。”

“如果我和西莉亚结婚，我们当然会需要钱。”德斯蒙德说，“我十分理解。我知道我的养母在钱这方面总是斤斤计较，我现在还常常借钱给她。有一天，她建议我去找一位律师，因为她说我都已经二十一岁了，却还没有立过遗嘱，这样很危险。我猜她想要得到那些钱。我确实曾经想过把所有钱留给她。但是我和西莉亚现在要结婚了，所以当然我要把钱留给西莉亚。而且我也很不喜欢我母亲试图分裂我和西莉亚的做法。”

“我认为你的怀疑完全正确。”波洛说，“我敢说她会告诉自己，这是为了所有人好。西莉亚的出身有问题，你要娶她的话是有风险的，那么你当然应该知道。”

“好了，”德斯蒙德说，“但是——我知道我这样做很不厚道。毕竟她收养了我，抚养我长大成人，还为我做了那么多事，我想我会从那些钱里分一部分给她，剩下的钱足够我和西莉亚过上幸福的生活了。毕竟，总会有一些事让我们感到伤心难过，但这都过去了，我们不应该再继续担惊受怕了，对吗，西莉亚？”

“是的。”西莉亚说，“我们再也不会担惊受怕了。我认为我的父母都是杰出的人。我母亲一辈子都在努力照顾她的姐姐，即使这一切都没有结果。你无法让人们停止做自己。”

“啊，亲爱的孩子们，”泽莉说，“原谅我还在叫你们孩子们，我知道你们已经长大成人了。今天还能再次见到你们，并且得知我的所作所为并没有伤害到任何人，我真是太开心了。”

“亲爱的泽莉，你一点儿也没有伤害到任何人，见到你真是太好了。”西莉亚走过去和她拥抱，“我一直非常喜欢你。”她说。

“我也一样，从我认识你那时起。”德斯蒙德说，“那时我就住在隔壁，你会跟我们玩很多有趣的游戏。”

两个年轻人转过身来。

“谢谢您，奥利弗夫人。”德斯蒙德说，“您是个特别好的人，您还做了那么多事，都是我亲眼所见。也谢谢您，波洛先生。”

“是的，谢谢您。”西莉亚说，“我真是太感激了。”

大家目送他们离去。

“好了，”泽莉说，“我也要走了。”她又对波洛说，“您呢？您会把这一切告诉别人吗？”

“也许我只会私下告诉一个人。他是个已经退休的警官，已不再担任职务。我想他不会认为他还有责任去追究多年前的事。当然了，如果他仍然在职的话，一切就不一样了。”

“这是一个可怕的故事。”奥利弗夫人说，“太可怕了。所有那些跟我谈过话的人——是的，现在我明白了，他们都记得一些事，一些能为我们揭开真相的事。尽管把它们联系到一起有些困难，但波洛先生做到了，他总能把那些不同寻常的事联系到一起。比如假发和双胞胎。”

泽莉站在那儿眺望着远方，波洛向她走去。

“你不会怪我吧？”他说，“因为我去找你，劝你来说明一切。”

“不，我很高兴。你是对的。那两个孩子很招人喜欢，他们很般配。他们一定会幸福的。我们现在站的地方，曾经也有一对恋人站在这里，他们也是在这里死去的，但我一点也不会责怪他所做的事。我认为那是勇敢的行为，尽管是错误的。”

“你也爱他，不是吗？”波洛说。

“是的，一直以来都是。我第一次来到这幢房子就深深爱上了他。我认为他不知道，我们俩之间也从来没有发生过什么。他信任我、喜欢我，而我爱他们俩——他和玛格丽特。”

“还有一件事我想要问你。他爱莫莉，也爱多莉，是吗？”

“从始至终，他都爱着她们俩。这也是为什么他愿意救多莉，为什么莫莉让他救多莉。两姐妹中他更爱哪个？我也猜不透。这也许是我永远不会知道的事。”泽莉说，“我以前不知道，也许永远不会知道。”

波洛凝视了她片刻，之后转身同奥利弗夫人一起离去。

“我们开车回伦敦吧。我们必须回到日常的生活中去，忘掉惨剧和爱情故事。”

“大象不会忘记。”奥利弗夫人说，“但我们是人类，幸好我们还能忘记。”

图书在版编目（CIP）数据

大象的证词 /（英）阿加莎 · 克里斯蒂著；李冰伊译． — 北京：新星出版社，2017.9（2020.10 重印）

ISBN 978-7-5133-2812-8

Ⅰ．①大… Ⅱ．①阿… ②李… Ⅲ．①长篇小说－英国－现代 Ⅳ．① I561.45

中国版本图书馆 CIP 数据核字（2017）第 208660 号

午夜文库
谢刚 主持

大象的证词

[英] 阿加莎 · 克里斯蒂 著；李冰伊 译

责任编辑：曹晓雅
统筹编辑：王　欢
责任印制：李珊珊
封面插图：宣　和
装帧设计：周伟伟

出版发行：新星出版社
出 版 人：马汝军
社　　址：北京市西城区车公庄大街丙3号楼　100044
网　　址：www.newstarpress.com
电　　话：010-88310888
传　　真：010-65270449
法律顾问：北京市岳成律师事务所

读者服务：010-88310811　service@newstarpress.com
邮购地址：北京市西城区车公庄大街丙3号楼　100044

印　　刷：北京天恒嘉业印刷有限公司
开　　本：889mm × 1092mm　1/32
印　　张：7
字　　数：152千字
版　　次：2017年9月第一版　2020年10月第五次印刷
书　　号：ISBN 978-7-5133-2812-8
定　　价：35.00元
